Un vent de guerre

Suzanne Merritt,
déchirée par la guerre de 1812

KIT PEARSON

Texte français de Martine Faubert

Éditions
■SCHOLASTIC

Péninsule de Niagara
Haut-Canada
Mai 1812

Ceci est le plus beau cadeau que j'aie reçu de toute ma vie.

Aujourd'hui, mon très cher frère Hamilton est rentré de Kingston, où il a passé les deux dernières semaines à vendre notre farine et à acheter toutes sortes de choses pour la ferme. Il m'a beaucoup manqué.

Il a déballé de vraies merveilles sous nos yeux! Du café, du thé chinois, du brandy, du rhum, des pains de sucre, du sel, une soupière, une louche en argent, plusieurs outils et une jolie horloge pour notre salon.

Il a aussi apporté un présent à chacun : un livre de poèmes de Walter Scott pour maman, du tabac pour papa, des rubans de velours pour Maria (elle va sûrement se pavaner devant Charles!) et un mouchoir pour Tabitha. Elle dit qu'elle ne s'en servira jamais, tant il est joli.

Et pour moi, ce magnifique petit carnet! Il est recouvert de cuir rouge et il a beaucoup de pages, d'un doux blanc crémeux.

« Tu t'en serviras pour raconter ton histoire, Suzanne », m'a dit Hamilton quand je l'ai remercié.

« Quelle histoire? » lui ai-je demandé.

« L'histoire de ta vie. Tu habites un pays tout neuf. Écris ce qui t'arrive au jour le jour et, plus tard, tu auras quelque chose d'intéressant à laisser à tes petits-enfants. »

Mes petits-enfants! C'est vraiment bizarre d'y penser : j'ai seulement 11 ans!

Hamilton tient lui-même un journal intime. Il écrit dedans tous les jours et m'en a montré des passages. *Sa* vie a des allures de récit historique. Il en est de même pour la vie de maman, de papa et de Tabitha. Par comparaison, Maria et moi, nous avons eu des vies bien ordinaires.

Toutefois, je préfère avoir une vie quelconque plutôt qu'une existence remplie de dangers. Maman, papa et Tabitha ont tous trois connu des guerres terribles. Hamilton a déjà failli faire naufrage, même s'il n'a que 19 ans. Je n'aimerais pas affronter les dangers qu'ils ont vécus.

Ma petite vie bien tranquille n'intéressera probablement pas mes petits-enfants. Mais j'aime écrire. J'ai du plaisir à exprimer mes pensées et, jusqu'à aujourd'hui, je n'avais pas eu de papier pour le faire. Alors je vais tâcher d'écrire tous les jours, même s'il ne m'arrive rien de particulier.

En ce moment, j'ai trop sommeil pour continuer à écrire encore bien longtemps. Nous avons veillé tard en l'honneur du retour de Hamilton. Papa a demandé à Tabitha de nous apporter du porto et il lui en a offert un verre, à elle aussi. (La tête s'est mise à lui tourner et elle a dû aller se coucher.) Maman a joué du piano-forte, et Maria et moi, nous avons chanté un cantique que nous avions appris pendant l'absence de Hamilton. Ma voix s'est étranglée dans les notes hautes, et Maria n'était pas contente. Elle ne manque jamais une occasion de me rappeler qu'elle chante bien mieux que moi.

Hamilton nous a montré une chose qu'il s'est achetée : c'est un morceau de bois étroit avec des poils rigides à un bout, pour se nettoyer les dents. Nous nous sommes tous moqués de lui : il est toujours fasciné par les nouvelles inventions!

J'ai fait entrer Jack en cachette, et quand papa l'a aperçu dans la maison, il ne s'y est pas opposé, contrairement à son habitude. « Tu traites ce chien comme un être humain, Suzanne », a dit Hamilton, tandis que je posais ma joue sur le ventre chaud de Jack. Je n'ai pas prêté attention aux taquineries de Hamilton. Moi seule comprends que Jack n'aime pas être exclu de notre cercle familial.

Comme je suis heureuse lorsque le monde extérieur ne vient pas troubler notre paix domestique! Ce soir, pour une fois, mes craintes quant à l'avenir ont été apaisées, et je me suis sentie en sécurité.

La bougie est presque toute fondue, et Maria rouspète. Elle veut que je me mette au lit. Alors je vais terminer ici ma première entrée dans mon journal.

11 mai 1812

Ma chère petite-fille,

C'est plus facile d'écrire si j'imagine un de mes petits-enfants en train de me lire. J'espère que ce sera une fille, car les garçons ne m'intéressent pas. Voici ce qui s'est passé aujourd'hui, ma chère petite-fille. Une journée comme les autres, sauf à la fin.

Je me suis levée assez tôt pour embrasser papa avant

son départ pour Niagara. La maison va me sembler bien vide jusqu'à ce qu'il revienne, dimanche prochain. Au moins, Hamilton est de retour. C'était rassurant de le voir à l'étable, comme d'habitude, en train de traire les vaches tandis que je ramassais les œufs.

Nous avons pris le déjeuner ensemble. Tabitha nous a servi du poisson poché. Quand Hamilton m'a dit que j'avais du beurre sur le bout du nez, je lui ai tiré l'oreille, et il s'est mis à me pourchasser partout dans la cuisine.

Tabitha nous a dit que notre chère maman avait mal à la tête. Je lui ai donc apporté une infusion de marjolaine, et nous avons dit les prières du matin ensemble, avant que je parte pour l'école. Maria était encore au lit. Elle est paresseuse, et je lui en ai fait la remarque en sortant de la chambre.

C'était un matin magnifique, chaud et ensoleillé. Les mésanges jasaient bruyamment. Un merlebleu était perché dans un cerisier. Sa poitrine rousse se découpait sur un fond de fleurs blanches et de ciel bleu. Hamilton m'a aidée à attraper Sukie, qui est de plus en plus têtue.

Il faudrait bien que je te dise qui sont les gens et les animaux dont je te parle. Sukie est mon poney, que j'ai reçu pour mes sept ans. C'est papa qui l'a appelé comme ça, à mon grand désarroi; en effet, c'était le surnom qu'il me donnait quand j'étais petite. Parfois à l'école, les garçons m'appellent Sukie pour me taquiner.

Il a fallu que je donne quelques coups de talon à Sukie pour qu'elle se décide à avancer. J'aimerais tellement avoir un vrai cheval! Mais papa dit que je ne suis pas assez grande. C'est frustrant d'être aussi petite à mon âge. On dirait que je ne grandis pas.

L'eau du grand ruisseau scintillait sous les rayons du soleil matinal, et deux oiseaux de proie tournoyaient très haut dans le ciel, au-dessus de la montagne. Jack m'a suivie un bout de temps, jusqu'à ce que je le renvoie à la maison. Sukie s'est décidée à trotter quand elle a compris qu'elle ne retournerait pas chez nous, et je suis vite arrivée à la ferme des Seabrook.

Abigail Seabrook habite The Twelve depuis seulement deux ans. Elle est venue du Connecticut, avec ses parents et ses deux petits frères. C'est ma meilleure amie, la première vraie amie de toute ma vie, car les autres filles qui vivent près de notre ferme ne sont pas de mon âge. Le père d'Abbie n'a pas encore fini de défricher leur terre, et leur maison de rondins est petite et sombre, par comparaison avec notre grande maison à charpente de bois.

M. Seabrook m'a regardée en fronçant les sourcils, tandis qu'Abbie grimpait sur la croupe de Sukie. Il n'approuve pas qu'Abbie aille à l'école. Il pense qu'elle devrait plutôt aider aux travaux de la maison. Mais la mère d'Abbie n'a jamais appris à lire ni à écrire et elle souhaite qu'Abbie le fasse.

Papa n'aime pas le père d'Abbie, ni les autres Américains qui se sont installés ici, ces dernières années. M. Seabrook est beaucoup plus jeune que mon père. *Son* père était du côté opposé à celui de papa, durant la Révolution américaine. « Cette guerre est terminée depuis longtemps, Thomas, lui répète souvent maman. Les Seabrook ont le droit d'être ici tout autant que nous. »

Quand les Seabrook sont arrivés par ici, maman leur a rendu visite. Maintenant, papa essaie de la dissuader d'aller voir Mme Seabrook. Au début, il s'est aussi opposé à ce que je me lie d'amitié avec Abbie. Maman lui a rappelé que nous n'étions que des enfants et que j'avais besoin d'une amie. Papa, qui m'a toujours gâtée, a fini par céder.

Abbie et moi avons bavardé jusqu'à l'école. Je lui ai parlé des présents que Hamilton nous avait rapportés et, comme d'habitude, elle s'est plainte de ses frères espiègles. J'aime bien sentir la chaleur du corps d'Abbie dans mon dos. Quand je me rendais à l'école toute seule, j'avais toujours peur de la forêt touffue, pleine d'ombres. Plus maintenant.

Notre école est petite et sombre, comme la maison d'Abbie, et en hiver, nous devons tous apporter du bois pour la chauffer. Les seuls autres bâtiments du village sont l'église, l'auberge, le magasin et l'entrepôt. Et il y a des moulins, en bas, dans la vallée. Quand maman et papa sont arrivés ici, il y a 16 ans, il n'y avait rien de tout cela.

Notre village est beaucoup plus petit que Niagara, si petit que son nom n'est pas encore définitif. Certains l'appellent Shipman's Corner, d'autres, Twelve-Mile Creek ou St. Catharines. Dans ma famille, on a toujours dit The Twelve.

Il n'y a que quatre filles dans notre école, y compris Abbie et moi. Les autres élèves, au nombre de 11, sont tous des garçons. Et ils nous font la vie dure! J'étais penchée vers l'avant, en train d'attacher Sukie, quand Élias Adams s'est avancé doucement derrière moi et a glissé un ver de terre dans mon cou.

C'était visqueux et désagréable, mais j'ai fait comme si de rien n'était et, l'air tout à fait calme (du moins, je l'espère), je me suis dirigée vers les toilettes extérieures où je m'en suis débarrassée.

Élias est agaçant. Il ne me laisse jamais tranquille, mais, comme nos pères sont de bons amis, je suis obligée d'être polie avec lui, lorsque nos familles se rencontrent.

À l'école, c'était encore comme d'habitude. Malheureusement, M. Simmons est un très mauvais professeur, à mon avis (j'apprends beaucoup plus avec maman). Il passe le plus clair de son temps à lire le journal derrière son bureau pendant que nous écrivons, sur nos ardoises, de longues listes de choses ennuyeuses que nous avons apprises par cœur. Aujourd'hui, il était question des périodes de la monarchie britannique. J'aime la calligraphie, alors j'ai écrit ma liste en prenant mon temps pour former de belles lettres.

Nathaniel et Caleb ont reçu le fouet pour s'être battus à coups de poing, à l'heure du dîner. Je n'aime pas cela, quand les garçons se battent, mais je n'aime pas non plus les regarder se faire fouetter. J'ai détourné les yeux et j'ai fait sur mon ardoise un dessin de Jack coiffé d'un chapeau. Abbie a ri quand je le lui ai montré.

Je suis fière d'être la première fille de notre famille à aller à l'école. Caroline et Maria ont fait leurs classes avec maman. (Hélas, Maria n'a pas appris grand-

chose.) Maman avait l'intention de me faire la classe à
la maison aussi, mais quand elle est tombée malade
(elle souffrait d'hydropisie), j'ai eu la permission de
commencer l'école. J'aimais tellement y aller que, par
la suite, elle n'a pas eu le cœur de m'en retirer, même si
elle n'est pas très satisfaite de l'enseignement de
M. Simmons.

Maman, pour sa part, a fréquenté une école de filles
en Caroline du Sud. Elle dit que je dois apprendre
davantage le dessin, le français et la danse, et que, par
conséquent, l'an prochain j'irai dans une nouvelle
école pour filles, à Niagara. Je devrai y passer toute la
semaine, car Niagara est à 12 milles d'ici. Je sais que
maman veut que je reçoive une éducation aussi raffinée
que la sienne, mais je n'aime pas l'idée d'être séparée
de ma famille et d'Abbie.

Je voulais qu'Abbie vienne chez nous pour voir mon
journal mais, quand nous nous sommes arrêtées chez
elle, sa mère lui a donné des tâches à faire. Alors je suis
rentrée à la maison et j'ai aidé Tabitha à préparer le
souper. Hamilton avait tué un porc-épic, et nous
l'avons fait rôtir. C'était délicieux avec des pommes de
terre, des navets et de la compote de pommes. J'essaie
toujours de manger beaucoup, dans l'espoir de grandir.

Tous les soirs, après le souper, je m'assois sur mon
tabouret, au salon, avec le reste de la famille, jusqu'à ce
que nous montions tous nous coucher. Ce soir, maman,
Maria et moi avons fait de la couture tandis que
Hamilton nous racontait encore des histoires à propos
de Kingston. Puis il a abordé le sujet que je craignais.
« À Kingston, tout le monde pense qu'il y aura la

guerre », a-t-il dit.

Maman s'est couvert les yeux de sa main, même si elle n'avait plus mal à la tête. « Prions pour que cela n'arrive pas, a-t-elle répliqué. Oh! faites que cela n'arrive pas! Il y a déjà eu trop de guerres. Je ne peux pas croire que nous en aurons encore une autre. »

J'ai eu un coup au cœur. On dirait que, toute ma vie jusqu'à maintenant, j'ai été assise sur mon tabouret à écouter les adultes parler de la guerre. Le frère aîné de maman, Richard, a combattu les rebelles dans le régiment de papa, et il s'est fait tuer par eux, en Virginie. Maman était aussi attachée à Richard que je le suis à Hamilton. Elle me raconte souvent l'horrible journée où elle a appris qu'il était mort.

Papa m'a aussi raconté que son frère, Shubaël, a été abattu par les rebelles à la suite d'une querelle. Il venait du Nouveau-Brunswick et rentrait à New York après la guerre.

Deux oncles que je ne connaîtrai jamais, et tout cela à cause de la guerre.

Maman s'est mise à pleurer, et Hamilton l'a consolée en lui lisant des poèmes tirés du livre qu'il lui avait rapporté. Je me suis appuyée tout contre elle. Personne ne pouvait savoir comme mon cœur battait fort.

Est-ce qu'il va vraiment y avoir la guerre? Les adultes en parlent depuis des mois, mais je ne comprends pas très bien ce qui se passe. La France et la Grande-Bretagne se font la guerre depuis des années, bien sûr. Hamilton a essayé de m'expliquer qu'il y a maintenant un conflit entre la Grande-

Bretagne et les États-Unis. Il paraît que la Grande-Bretagne bloque les navires américains en mer. Comme le Haut-Canada appartient à la Grande-Bretagne, nous serons probablement impliqués dans ce conflit. Hamilton dit « le Lion » et « l'Aigle », quand il parle de la Grande-Bretagne et des États-Unis. Le pauvre petit Haut-Canada pourrait devenir leur proie, comme une souris que se disputeraient deux bêtes féroces.

Quand je pense à la guerre, mon sang se glace, comme quand maman me parle de son frère Richard. Et si mon frère était obligé d'aller se battre? Peut-être que papa aussi, mais j'espère qu'ils le trouveront trop vieux.

Je ne supporte pas cette idée. Je vais faire comme maman a dit et implorer Dieu de nous épargner une telle calamité, dans mes prières du soir.

Cela me réconforte, de pouvoir te raconter mes craintes, ma chère petite-fille. J'ai déjà écrit tout plein de pages! Ce n'est pas pour me vanter, mais ma calligraphie à l'encre noire est très élégante sur ces pages blanches.

« Viens te coucher, Suzanne », rouspète Maria. Tout ce qu'elle veut, c'est me parler de Charles.

12 mai 1812

Chère Constance,

Aimes-tu le prénom que je t'ai donné? Cela te rend plus réelle à mes yeux. Je me demande à quoi tu ressembles. Je t'imagine ayant le même âge que moi. Et j'ai décidé que tu es mon *arrière*-petite-fille. De cette façon, je ne serai probablement plus en vie quand tu liras ceci. Cela m'encourage à te donner une image aussi vivante que possible de ma vie.

Hier soir, j'ai pleuré si fort dans mon sommeil que Maria a dû me réveiller en me secouant. Mais la journée d'aujourd'hui a été tellement ordinaire que j'ai réussi à calmer mes inquiétudes à propos de la guerre. À l'école, comme j'avais terminé mon travail très rapidement, M. Simmons m'a demandé de faire réciter leurs leçons aux trois plus petits, Georges, Sarah et Timothée. J'ai beaucoup aimé le faire et, ensuite, ils ont impressionné M. Simmons avec tout ce que je leur avais appris.

À l'heure du dîner, j'ai mangé avec Abbie, Élisabeth et Sarah, comme d'habitude. Élias, Henrik, Timothée et Uriah nous tournaient autour. Ils nous rendaient folles avec leurs taquineries. Uriah a traité Abbie de « poulette picotée » (Abbie a plein de taches de rousseur), et Élias n'arrêtait pas de répéter « Sukie, Sukie, Sukie! Ici, Sukie! », comme pour appeler un cochon. Finalement, j'ai entraîné les autres filles avec moi dans l'école. Nous avons fermé la porte au loquet et terminé notre repas. Les garçons n'ont pas cessé de marteler la porte de leurs poings, mais en vain.

Quand M. Simmons est revenu (il va dîner à l'auberge), il a voulu savoir pourquoi nous étions à l'intérieur, car nous n'avons pas la permission de le faire quand il n'est pas là. Je lui ai expliqué que les garçons ne voulaient pas nous laisser tranquilles. J'ai eu peur qu'il se mette en colère, mais il a souri et a dit que nous pouvions nous réfugier à l'intérieur chaque fois que cela serait nécessaire.

M. Simmons est gentil, même s'il est un piètre professeur. Durant tout l'après-midi, il nous a fait faire de longues additions tandis qu'il ronflait derrière son bureau. Son haleine sentait tellement le rhum que les garçons se pinçaient le nez, mais personne n'a osé rire fort.

Abbie m'a annoncé une très mauvaise nouvelle. Sa mère vient tout juste d'apprendre qu'elle attend un autre enfant. Ce sera donc le dernier trimestre d'Abbie à l'école. Je crois qu'elle ne pourra plus jamais y retourner. J'ai promis de lui prêter des livres, l'automne prochain, quand je reviendrai de Niagara chaque fin de semaine, et de lui enseigner tout ce que j'aurai appris. Cela l'a réconfortée.

Quand je suis arrivée à la maison, Hamilton et moi avons fait le tour de nos terres à dos de cheval, afin d'inspecter les cultures. Le maïs, le seigle et l'orge sont déjà en herbe, et le blé que Hamilton a semé l'automne dernier a passablement levé. Nous avons vu une biche avec son faon. Il était si jeune qu'il pouvait à peine tenir sur ses pattes.

Le cheval de Hamilton, un grand étalon noir nommé César, est très beau. Comme c'était agréable de monter sur un cheval si haut! J'ai demandé à Hamilton s'il pensait que papa allait me donner un cheval pour mon anniversaire. Il m'a fait remarquer que c'était dans cinq mois et m'a demandé si je croyais pouvoir grandir d'ici là.

Je lui ai répondu que j'essaierais, ce qui l'a fait rire. Évidemment, je ne peux pas me faire grandir. Seul Dieu le peut. Alors je vais me mettre à prier pour cela, et aussi pour qu'il n'y ait pas la guerre.

13 mai 1812

Chère Constance,

Aujourd'hui, il ne s'est vraiment rien passé d'intéressant, alors ce soir, je vais te parler du reste de la maisonnée.

Je vais commencer par mes parents. Mon père, Thomas Merritt, est originaire de l'État de New York. Durant la guerre de l'Indépendance, il a combattu bravement pour le roi, dans le régiment du colonel Simcoe. Ma mère, Mary (mais papa l'appelle Polly), vient de la Caroline du Sud. Après leur mariage, mes parents ont suivi leurs propres parents jusqu'au Nouveau-Brunswick, avec bon nombre d'autres Loyalistes. Comme maman n'aimait pas le climat de là-bas, ils sont retournés à New York en 1785, et y sont restés quelque temps. Ma sœur aînée, Caroline, et mon frère Hamilton y sont nés.

Puis le colonel Simcoe a été nommé lieutenant-gouverneur du Haut-Canada. Papa a alors décidé qu'il préférait vivre sous l'autorité du gouvernement britannique plutôt que dans une république. Alors lui, maman, Caroline et Hamilton (il n'avait que trois ans!) ont entrepris le long et difficile voyage jusqu'ici, où le colonel Simcoe lui avait concédé une terre.

Maman ne voulait pas venir, mais elle devait, bien sûr, suivre son mari. Elle m'a souvent raconté à quel point cela avait été difficile, au début. Ils ont eu la chance d'emménager dans une maison déjà construite, mais maman n'avait jamais fait la cuisine ni le ménage.

Un jour, un voisin l'a trouvée en larmes parce qu'elle ne savait pas faire du pain! Je la taquine souvent à ce sujet, car je sais faire du pain depuis que je suis toute petite.

Maria et moi, nous sommes nées dans le Haut-Canada, Maria en 1797, et moi, en 1800. L'année dernière, ma sœur Caroline a épousé James Gordon, et elle a déménagé avec lui près de la baie de Burlington. Cet automne, ils auront leur premier enfant, et je serai tante!

Mes parents ont quitté une très belle maison et n'ont pu emporter avec eux que ce qu'ils pouvaient eux-mêmes porter. Maman me dit souvent que les États-Unis lui manquent beaucoup. Elle s'ennuie tout particulièrement de sa jeune sœur, Isabelle, qui vit encore en Caroline du Sud.

Papa a été nommé shérif de Niagara, et c'est là qu'il passe toute la semaine. Petit à petit, maman a fait de notre maison un petit nid douillet. Maintenant, elle sait faire le pain et le beurre, et garder sa maison propre et en ordre, aussi bien que nos voisines.

Évidemment, elle a Tabitha pour l'aider. Tabitha est arrivée chez nous quand j'avais huit ans, d'un endroit qui s'appelle Norfolk, en Angleterre. Devenue orpheline, elle était allée travailler dans une famille là-bas. Elle avait fait la longue traversée de l'Atlantique jusqu'ici avec eux, mais ils la maltraitaient, et elle a été très contente de les quitter et de venir chez nous. Elle a un accent très prononcé, que les gens ont du mal à comprendre, mais moi, j'y suis habituée. Tabitha est une femme robuste, avec des joues rouges, et elle me fait rire avec ses histoires et ses chansons, sauf quand elle parle de la guerre avec la France, où son père et son frère ont trouvé la mort.

Ma bougie est presque toute fondue, et j'ai oublié d'en monter une autre. Alors je vais te raconter la vie de Hamilton une autre fois et je vais terminer cette entrée en te disant quelques mots des histoires d'amour de la famille!

Hamilton est très amoureux de Mlle Catherine Prendergast, dont le père est médecin ici. C'est une très belle fille qui contrarie Hamilton parce qu'elle ne répond ni oui ni non à ses avances.

Maria, elle, s'est entichée de l'ami de Hamilton, Charles Ingersoll, qui vit à Queenston. Chaque fois qu'il vient chez nous, elle n'arrête pas de me demander si je pense qu'il est amoureux d'elle.

Même Tabitha a son chevalier servant : elle a reçu plusieurs visites de Samuel Grower, l'engagé des Turney. Tabitha a 35 ans, alors c'est peut-être sa dernière chance de se marier. Mais elle est aussi capricieuse que Catherine et elle n'a pas vraiment encouragé Samuel.

Quant à moi, je trouve que toutes ces histoires d'amour sont idiotes et j'ai bien l'intention de ne jamais me marier. Je passerai toute ma vie dans cette ferme et j'aurai plusieurs chevaux. Je dirigerai peut-être une école pour les filles; sans un seul garçon!

Chère Constance,

Je viens de me rendre compte que, si je veux que mon arrière-petite-fille lise ceci, je serai *bien obligée* de me marier! J'espère que ce sera avec un garçon moins agaçant qu'Élias. Aujourd'hui, à l'école, nous étions en train de jouer à la tague, à l'heure du dîner. Je courais tellement vite vers l'anneau de métal auquel M. Simmons attache son cheval, que ma coiffe est tombée. Élias s'en est emparé et l'a lancée dans un arbre. Il a fallu que je grimpe pour aller la récupérer, et j'ai déchiré ma robe. Maman m'a grondée quand je suis rentrée à la maison.

Maintenant, je vais continuer de te raconter l'histoire de ma famille. Hamilton a eu une vie tout aussi excitante que maman et papa. À l'âge de 15 ans, il a vécu une grande aventure. Il est parti pour le Nouveau-Brunswick, où habitait mon grand-père et où il devait aller à l'école. Mais, en cours de route, il s'est joint à notre oncle qui était membre de l'équipage d'un bateau à destination des Bermudes! Durant le voyage de retour, une grosse tempête a presque fait sombrer le navire. Hamilton m'a souvent raconté qu'il a failli être emporté par-dessus bord par des vagues gigantesques.

Par la suite, mon frère a vécu à Saint-Jean, au Nouveau-Brunswick, puis à New York, et nous ne l'avons pas revu pendant très longtemps. Je n'oublierai jamais le jour où il est arrivé à l'improviste, en plein souper de Noël. Je ne l'avais pas vu depuis deux ans. Je me suis accrochée tellement fort à ses jambes qu'il a eu du mal à desserrer mon étreinte.

Pendant quelque temps, Hamilton s'est occupé du magasin à The Twelve, mais il a vite laissé tomber afin de travailler à la ferme, car papa était trop occupé à Niagara. Cependant, je ne crois pas que Hamilton aime ce genre de travail. Il a tellement de mal à rester en place que, parfois, je crains qu'il ne reparte.

De qui pourrais-je bien te parler encore? Il y a Ben qui vient aider Hamilton chaque jour, mais je ne le connais pas très bien. Et, bien sûr, il y a beaucoup d'animaux. Nous avons des vaches, des chevaux, des cochons, des poules et des chats. Nous avons déjà eu des moutons, mais les loups les ont attaqués, l'année dernière. Et puis, bien sûr, il y a mon bon Jack, à l'air très digne avec sa toison blanche et sa grosse tête.

Ce sont là tous les gens et les animaux qui font partie de ma vie, Constance. Ils me sont tous très chers. Je ne supporterais pas qu'il leur arrive malheur.

Lorsque j'ai embrassé maman, avant de me coucher, je lui ai dit que j'avais très peur de la guerre. Elle m'a répondu que j'avais trop d'imagination et de cesser de me tourmenter avec ce qui *pourrait* arriver. Elle m'a dit d'avoir confiance en Dieu qui nous protège. Alors, c'est ce que j'essaierai de faire.

15 mai 1812

Chère Constance,

Je revenais de chez Abbie à dos de poney et je me trouvais au beau milieu de la forêt quand j'ai vu un loup! Il était grand et gris, et il trottinait vers moi. Sukie s'est arrêtée net et elle a refusé d'avancer malgré mes coups de talon dans ses flancs. Le loup s'est arrêté aussi et il nous a regardées intensément de ses petits yeux jaunes, comme s'il rassemblait toutes ses forces avant de bondir sur nous. Tout à coup, il a quitté le sentier et il s'est enfoncé dans les bois.

Nous entendons souvent les loups hurler la nuit, mais je n'en avais jamais vu un en plein jour. Après son départ, je suis restée assise longtemps sans bouger sur le dos de Sukie. Nous tremblions de tous nos membres. Et s'il nous avait attaquées? J'ai caressé le cou de Sukie afin de la rassurer... de nous rassurer toutes les deux.

J'avais peur du loup, mais, en même temps, j'admirais son air majestueux et je me sentais soulagée qu'il nous ait épargnées. Quand Sukie et moi avons finalement arrêté de trembler, nous sommes très vite rentrées à la maison.

16 mai 1812

Chère Constance,

J'écris ceci avant le déjeuner. J'ai fait un cauchemar : j'étais étendue par terre, et le loup allait me dévorer. Sa gueule grande ouverte, toute rouge et garnie de longues dents blanches, s'approchait de moi quand je me suis réveillée en haletant.

Je me suis levée et suis allée m'asseoir à la fenêtre, me laissant apaiser par le doux chant d'un oiseau. Quand Maria a commencé à remuer, je lui ai demandé si elle croyait qu'il y aurait la guerre.

« Comment le saurais-je, Suzanne? » m'a-t-elle répondu sèchement. Maria est toujours de mauvais poil, le matin. Mais quand elle a vu que j'étais vraiment effrayée, elle m'a dit de ne pas m'en faire, que nos hommes nous protégeraient, quoi qu'il arrive.

Oui, mais qui va protéger nos hommes?

Plus tard

La journée a été si occupée que mes peurs se sont dissipées. Nous avons passé toute la matinée à semer des graines dans notre potager. Maman m'a laissée écrire les étiquettes pour chaque rangée, et j'étais fière du résultat. Nous avons aussi planté des gueules-de-loup, des pensées sauvages, des achillées et des tournesols, devant la maison. Tout est vert, tout bourgeonne, et on dirait bien que l'été va bientôt arriver.

J'ai fait un épouvantail avec de vieux vêtements de Hamilton et de papa afin d'éloigner les oiseaux du potager. Je trouve que mon bonhomme a l'air presque aussi vrai que nature.

Dans l'après-midi, après avoir terminé ma couture, je suis allée chez Abbie, à dos de poney. J'espérais qu'elle pourrait sortir, mais elle devait aider sa mère à filer du lin. Je l'ai aidée moi aussi, en mettant les paquets de fil en écheveaux. C'était fascinant de voir Mme Seabrook produire le fil de lin avec la filasse. Chez moi, nous ne filons pas, car nous achetons tout notre tissu.

Tandis que nous travaillions, les deux petits frères d'Abbie, Paul et Johnny, jouaient par terre. Ils étaient très amusants à voir : ils faisaient semblant que leurs petits bâtons étaient des soldats. Parfois, j'aimerais bien avoir un petit frère ou une petite sœur, mais maman est trop vieille pour avoir d'autres enfants.

La maison d'Abbie comprend une seule grande pièce, avec un grenier au-dessus, où ils dorment tous. Ils y montent à l'aide d'une échelle. Mme Seabrook est plutôt réservée et elle ne me parle pas beaucoup. On ne voit pas encore qu'elle attend un enfant. Johnny, qui a deux ans, était encore un bébé quand les Seabrook sont venus s'installer ici.

Ce sera très agréable d'avoir un autre petit bébé avec qui jouer. Je l'ai dit à Abbie, et elle a rétorqué qu'elle en avait assez de s'occuper de ses petits frères et qu'elle n'avait pas du tout hâte de voir arriver celui-là.

« Ce sera peut-être une fille », lui ai-je dit.

« Même là, ce ne sera que des ennuis », a dit Abbie. Elle était tellement grognonne que je suis rentrée à la maison. Par moment, Abbie me paraît très différente de moi.

17 mai 1812

Chère Constance,

Aujourd'hui, comme c'est dimanche, j'ai fait mon nettoyage de dents hebdomadaire. J'étais dans la cuisine, en train de mélanger de la poussière de charbon avec du miel, quand Hamilton est apparu. Il a plongé sa nouvelle brosse à nettoyer les dents dans mon mélange. J'ai bien ri de le voir brosser vigoureusement toutes ses dents! Mais je dois admettre que cela semble plus efficace qu'avec un bout de débarbouillette.

Ensuite, j'ai brossé Jack dans la cour. Il est resté bien tranquille tout le temps que je défaisais les nœuds qui s'étaient formés dans sa longue toison. En récompense, je lui ai donné le reste de ma saucisse.

Il n'y avait personne pour diriger d'office à l'église cette semaine, alors papa nous a lu des prières dans le salon. Après le dîner (un délicieux repas, avec du gibier et des tartelettes à la crème pâtissière), nous sommes allés en voiture, rendre visite aux Adams. Comme il faisait très chaud, j'ai emprunté une jolie ombrelle à Maria. Au début, maman a dit que j'étais trop jeune, mais elle a fini par céder et m'a laissée la prendre. J'étais très fière de me promener avec une ombrelle comme maman et Maria le font!

Notre visite a été très agréable, sauf à la fin, comme je vais te le raconter brièvement. Tandis que les hommes examinaient un nouvel attelage de bœufs, Mme Adams nous a montré un joli secrétaire qu'elle venait tout juste de recevoir de New York. Puis nous nous sommes tous assis pour prendre le thé. Élias a essayé de me parler, mais j'ai fait semblant de ne pas l'entendre et j'ai plutôt écouté sa sœur aînée nous raconter son voyage aux chutes Niagara. Je n'y suis jamais allée, mais la description qu'elle en a fait était si grandiose qu'elle m'a donné envie d'aller les voir, un jour.

La catastrophe s'est produite au moment de notre départ : lorsque j'ai ouvert mon ombrelle, j'ai été inondée de mélasse! Élias en avait enduit les baleines, pour plaisanter. Tandis que Mme Adams et maman me nettoyaient, M. Adams a emmené Élias derrière la maison et l'a corrigé. Je dois avouer que je n'étais pas triste en entendant ses cris de douleur.

Je suppose que, si je m'étais montrée plus gentille avec Élias aujourd'hui, il n'aurait pas fait cela. Mais pourquoi serais-je gentille avec lui, alors qu'il me harcèle tout le temps à l'école? Maintenant, l'ombrelle de Maria est complètement fichue, et elle m'en veut.

18 mai 1812

Chère Constance,
À l'école, nous avons commencé un grand jeu de l'Arche de Noé. C'est Conrad qui en a eu l'idée. Nous construisons une arche avec des branches mortes et des bouts de planches que nous avons trouvés derrière l'école. Demain, Élias et Henrik vont apporter de la corde afin de faire tenir toutes ces pièces ensemble.

19 mai 1812

Chère Constance,
Nous avons fait beaucoup de progrès dans la construction de notre arche. Même Nathaniel, qui vient d'avoir 14 ans, y participe. Nous avons placé les planches contre des cordes que nous avons tendues entre des troncs d'arbres. Demain, nous allons tous arriver de bonne heure à l'école afin de terminer le toit, fait de rameaux de pin empilés.

Ce passe-temps est si absorbant qu'il occupe toutes mes pensées. Au souper, Hamilton a ri parce que je venais d'utiliser du sucre au lieu du sel pour assaisonner ma viande.

20 mai 1812

Chère Constance,

Notre arche étant maintenant terminée, nous avons passé l'heure du dîner à décider de nos rôles. Conrad a dit que, puisque l'arche était son idée, il serait Dieu. Uriah jouera le rôle de Noé, et Abbie, celui de sa femme. Tous les autres seront des animaux. Nous ne sommes pas assez nombreux pour former un couple de chaque espèce, alors nous personnifions chacun un animal différent, avec un partenaire imaginaire, sauf Élias et Ralph qui sont tous les deux des lions. Voici la liste des autres animaux :

Sarah : une lapine
Élisabeth : une souris
Georges : un serpent
Robert : un loup
Caleb : un bison
Timothée : un aigle
Patrick : un éléphant
Henrik : une baleine
Nathaniel : un ours

Moi, je suis une tigresse et je m'amuse beaucoup en rugissant après tout le monde. Ce soir, je rugissais et donnais des coups de griffes à Maria, pendant qu'elle faisait sa toilette. Elle s'est fâchée et elle m'a dit que je me comportais comme un bébé. Je me fiche de ce qu'elle dit.

21 mai 1812

Chère Constance,

Nous avons passé l'heure du dîner à jouer notre histoire pour la première fois, et c'était très amusant. Conrad était impressionnant dans son rôle de Dieu, quand il s'est juché sur une souche et qu'il a annoncé le déluge à Noé. Nous sommes entrés dans notre arche en marchant à quatre pattes (j'ai encore déchiré ma robe, et maman n'était pas très contente). Puis quand l'eau s'est mise à monter, nous avons crié de terreur. Nous avons fait jouer le rôle de la colombe à la petite Sarah. Quand elle est revenue, tenant dans sa bouche une petite branche feuillue, je me suis sentie aussi soulagée que si j'avais vraiment été dans l'Arche de Noé.

Nous étions tellement absorbés par notre jeu que M. Simmons a dû sonner la cloche très fort afin de nous faire rentrer. Je suis surprise que nous nous soyons tous si bien entendus pour ce jeu. Même Élias a été gentil avec moi, bien que nous ayons rugi très fort chaque fois que nous nous sommes rencontrés.

22 mai 1812

Chère Constance,

Comme il continue de faire très beau, M. Simmons nous a laissé passer tout l'après-midi dehors, à jouer à notre jeu. Il a apporté sa chaise et nous a regardés. Nous faisions tellement de bruit que des hommes qui sortaient de l'auberge se sont arrêtés pour nous observer. J'ai presque perdu la voix, à force de rugir.

Quand nous avons fini, M. Simmons a applaudi très fort. Puis il a dit une chose qui a réveillé mes inquiétudes. « Jouez pendant que vous le pouvez, mes enfants, a-t-il dit tristement. Profitez-en pendant que c'est encore possible. »

Dans la Bible, Dieu promet à Noé qu'il n'y aura plus jamais d'autre déluge. Ce soir, dans mes prières, je vais Lui demander de tenir Sa promesse.

23 mai 1812

Chère Constance,

Papa est de retour à la maison pour quelques jours, et maman et lui ont passé toute la journée chez les Turney, pour les aider à ériger leur grange. Je ne pouvais pas y aller parce que j'ai le rhume. J'étais très déçue. Abbie et moi attendions depuis longtemps cette occasion pour porter nos plus jolies robes et regarder la danse, une fois le travail terminé.

Tabitha m'a fait prendre un bain chaud dans la cuisine. Puis elle m'a mise au lit et m'a raconté des histoires qu'elle avait apprises de sa mère, il y a très longtemps. *Jack, le tueur de géants*, et *Cendrillon* sont mes préférées. Maman n'approuve pas les contes de fées. Elle dit qu'ils sont trop fantaisistes et qu'ils vont m'effrayer. Moi, je les trouve très intéressants. Je demande toujours à Tabitha de m'en raconter quand nous sommes toutes seules.

Elle m'avait donné un peu de brandy, et mes yeux se fermaient. Tabitha a chanté la berceuse qu'elle avait l'habitude de me fredonner quand j'étais petite.

Petit bébé, ne pleure pas!
Petit bébé, ne crie pas!
Petit bébé, calme-toi,
Sinon Bonaparte viendra.

Surtout arrête tes sanglots!
Car s'il entendait tes cris,
Il te découperait en morceaux,
Comme fait le chat à la souris.

Maman approuverait encore moins cette chanson, si elle venait à l'entendre! Moi, j'aime bien les frissons qu'elle me donne. Napoléon Bonaparte me fait peur, bien sûr. C'est l'homme le plus méchant au monde. Mais il est loin, en France, et il ne pourra jamais me faire de mal. Il me semble tout aussi irréel que Jack, le tueur de géants.

Les histoires que je n'aime pas entendre sont celles que Tabitha me raconte sur la guerre contre Napoléon qui a anéanti toute sa famille. Son père et son frère sont morts à la bataille de Trafalgar. N'ayant plus un seul homme pour subvenir à leurs besoins, les autres membres de la famille ont été forcés de se réfugier dans un asile des pauvres. Et là-bas, malgré les bons soins de la pauvre Tabitha, sa mère et ses sœurs sont mortes de la gangrène, une maladie extrêmement longue et douloureuse. « Agnès n'avait jamais été très forte, mais c'est d'avoir perdu mon père et, encore plus, mon frère Tom, qui a fini par tuer ma mère, dit Tabitha. Nous l'adorions toutes! »

Quand Tabitha, les yeux noyés de larmes, me

raconte cela, je veux qu'elle arrête. Mais ses souvenirs semblent la réconforter, alors je ne peux pas le lui demander.

C'est comme quand j'écoute maman parler de mon oncle Richard, ou encore papa, de mon oncle Shubaël. Plus je grandis, plus je deviens consciente de tous les malheurs du monde. Pourquoi Dieu permet-il que de telles choses arrivent?

Je me suis réveillée quelques heures plus tard et je me sentais un peu mieux. Je me suis assise dans mon lit, j'ai mangé un peu de pain avec du lait, puis je me suis mise à écrire. Bientôt, les autres vont revenir à la maison, et je vais essayer de ne pas me montrer envieuse de ce que j'ai manqué.

26 mai 1812

Chère Constance,

Je me suis rétablie rapidement mais je n'ai rien écrit pendant quelques jours parce que ma plume était usée. Hamilton n'avait pas le temps de m'en tailler une nouvelle. Mais aujourd'hui, il a pu le faire, juste à temps pour que je te raconte des nouvelles excitantes.

J'ai la permission de manquer l'école afin d'aller, avec toute ma famille, assister aux célébrations pour l'anniversaire du roi et au défilé militaire à Niagara! Je suis ravie de ne pas être obligée de rester avec Tabitha. Maman dit que cela compensera la construction de la grange, que j'ai manquée.

Ce sera le premier bal de Maria. Maman aurait voulu qu'elle attende encore un an, mais Maria l'a tellement suppliée de la laisser y aller que maman a fini par abdiquer. Alors, voilà des semaines qu'elles confectionnent une nouvelle robe, toutes les deux. Elle est en gaze, avec une sous-robe de taffetas léger, et est ornée de fleurs brodées, les plus belles que Maria ait cousues de toute sa vie. Et il y a une petite traîne. Maria aura l'air très élégante!

Ce soir, Maria et moi nous sommes exercées à faire nos révérences. Hamilton faisait semblant d'être un officier britannique, et nous devions nous incliner en de profondes révérences tandis que maman nous le présentait. Je me retenais de rire quand Hamilton me saluait comme si j'avais été une grande dame. Maintenant que Caroline est mariée, Maria a droit à l'appellation de Mlle Merritt, et elle en est très fière! Moi, je suis encore Mlle Suzanne Merritt.

Un jour, j'irai au bal, moi aussi. Comme c'est difficile à imaginer! J'aimerais bien être aussi jolie que Maria. J'ai le visage étroit et blême, alors que le sien est rond et tout rose. Mes cheveux sont fins et ternes, tandis que les siens sont épais et lustrés. Mais je ne devrais pas me préoccuper de mon apparence. Maman dit toujours que l'important, c'est ce qu'il y a à l'intérieur.

Maria n'a pas cessé de s'inquiéter : elle se demande si Charles assistera au bal. Je l'espère de tout cœur, sinon elle sera inconsolable.

Ce matin, j'étais dans la grange et j'ai surpris une conversation entre Hamilton et Ben, qui discutaient de ce qui allait arriver aux animaux en cas de guerre. Ils avaient l'air tellement inquiets que je suis ressortie en courant, et que j'ai échappé deux œufs.

Nous n'irions certainement pas à Niagara s'il y avait menace de guerre, non? J'ai trop peur de poser la question.

J'avais hâte de pouvoir t'écrire de nouveau, Constance. J'aime l'ordre que cela met dans mes pensées, quand je t'en fais le compte rendu ici.

27 mai 1812

Chère Constance,

Je suis très déprimée : Abbie et moi venons d'avoir notre première querelle. Elle m'a dit qu'elle était amoureuse d'Uriah, depuis le premier jour où elle avait joué le rôle de sa femme. Je lui ai répondu qu'elle était beaucoup trop jeune pour ce genre de sentiments. Elle m'a rappelé qu'elle était plus âgée que moi d'une année.

« Tu as seulement 12 ans! ai-je crié. Tu ne devrais pas parler de ce genre de choses avant d'être plus âgée. »

« Je peux bien parler de ce qui me plaît! a rétorqué Abbie. J'aurais mieux fait de ne rien *te* dire. Il est évident que tu es trop jeune pour comprendre. »

« Dans ce cas, je ferais mieux de m'en aller », ai-je dit le plus froidement possible. Elle n'a rien répondu et m'a tourné le dos. Alors j'ai détaché Sukie et je suis partie. J'ai pleuré jusque chez nous.

Comment ose-t-elle se montrer si supérieure! Et comment peut-elle éprouver de tels sentiments envers Uriah? Ce n'est qu'un garçon, un idiot qui la traite de tous les noms.

La soirée était si belle que je me suis assise dehors,

sur la balançoire que papa m'a fabriquée il y a longtemps. J'ai regardé les hirondelles voler au-dessus du champ tout en pensant à notre dispute. Jack était à mes côtés et se mordillait les pattes. Quand je l'ai examiné, je me suis rendu compte qu'il y avait plein de chardons dans sa fourrure. J'étais en train de les arracher, quand j'ai entendu des voix. Tabitha et Samuel se promenaient dans le verger. Je suis restée immobile, sans faire de bruit, afin qu'ils ne s'aperçoivent pas de ma présence. J'ai vu Samuel embrasser Tabitha!

Est-ce que cela signifie qu'ils sont fiancés? J'espère que non, car Tabitha risquerait de nous quitter.

Je suis fatiguée de toutes ces histoires d'amour. Hamilton rend visite à Catherine tous les jours. Maria est si entichée de Charles que j'écris jusqu'à ce qu'elle s'endorme, afin d'échapper à ses confidences. Et maintenant, Abbie est en train de succomber à la même maladie. Je te promets, Constance, que je ne serai jamais comme cela.

28 mai 1812

Chère Constance,

Je ne suis pas allée chercher Abbie, en me rendant à l'école, et nous ne nous sommes pas adressé la parole de toute la journée. Au dîner, elle est allée cueillir des fleurs sauvages avec Sarah et Élisabeth. Il ne me restait plus qu'à regarder les garçons se livrer une bataille entre Français et Anglais.

Ce que leurs jeux de guerre peuvent être ennuyeux! Ils ne font que brandir des bâtons et crier. J'ai suggéré que nous reprenions notre jeu de l'arche de Noé. « C'est un jeu pour les filles », a répliqué Élias. Comment peut-il avoir oublié que nous nous entendions si bien en le jouant et qu'il aimait tant faire le lion?

« D'ailleurs, nous devons nous exercer au combat, au cas où il y aurait la guerre pour de vrai », a renchéri Nathaniel.

J'ai répondu qu'ils étaient trop jeunes pour aller se battre. « Laisse-nous tranquille, Sukie, a dit Élias. Tu n'y comprends rien. »

Je me suis éloignée, en colère. Les garçons sont les créatures les plus désagréables du monde!

La tristesse me serre le cœur, et j'ai été incapable de manger, au souper. Maman m'a fait prendre de l'huile de ricin, mais cela ne guérira pas ma querelle avec Abbie. J'aurais aimé demander conseil à maman, mais Catherine et ses parents nous ont rendu visite, et tout le monde était occupé à leur tenir compagnie au salon. Je me suis réfugiée en haut pour écrire. Je peux les entendre rire, en bas, et j'aimerais tellement pouvoir partager leur gaieté.

29 mai 1812

Chère Constance,

Abbie et moi sommes redevenues amies! Je suis tellement soulagée! Ce matin, avant l'école, je suis allée voir maman dans sa chambre et je lui ai raconté notre dispute. Elle a dit que je ne pouvais pas changer les sentiments des autres, même si je ne les approuvais pas. « Pourquoi ne pas aller lui faire des excuses? » a-t-elle suggéré.

« C'est plutôt elle qui me doit des excuses après ce qu'elle m'a dit! » lui ai-je répondu. Maman m'a expliqué que peu importe qui s'excusait en premier, l'important était qu'une de nous deux le fasse, sinon nous risquions de perdre notre amitié à tout jamais. « Cette amitié n'en vaut-elle pas la peine? » m'a-t-elle demandé. Et là, j'ai éclaté en sanglots. Ensuite, nous avons prié ensemble afin de m'aider à surmonter ma colère.

Je me suis rendue chez Abbie, en essayant, tout le long du chemin, de trouver les bons mots pour m'excuser. Abbie m'attendait sur le bord de la route! Quand je me suis approchée, elle a crié qu'elle était désolée. J'ai sauté par terre, et nous sommes tombées dans les bras l'une de l'autre.

Abbie a dit qu'elle ne pouvait pas empêcher les sentiments qu'elle éprouve à l'égard d'Uriah, mais qu'elle allait faire attention de ne pas en parler devant moi. Tout ce que je peux faire, c'est accepter cela et faire comme si mon amie n'avait pas changé. J'aimerais tant que les gens ne changent pas.

30 mai 1812

Chère Constance,

Ce matin, le pauvre Jack s'est attaqué à un porc-épic, et il est revenu à la maison le museau plein de piquants. Hamilton a dû les lui retirer. J'ai été incapable de supporter les cris de douleur de Jack. Plus tard, je l'ai laissé s'étendre devant le feu, à la cuisine, son museau endolori au creux de mes mains. Cela lui est arrivé plusieurs fois déjà. N'apprendra-t-il donc jamais?

Ce soir, maman nous a raconté que, durant la guerre de l'Indépendance, sa mère, sa sœur et elle s'étaient fait dévaliser par une bande de Patriotes. Les soldats ne leur ont fait aucun mal, mais ils ont emporté toutes leurs réserves de grain. « L'un d'eux était notre ancien voisin, le jeune Silas, a dit maman. Il n'osait pas me regarder dans les yeux, car il savait que nous allions souffrir de la faim, n'ayant plus rien pour faire du pain. Isabelle était si effrayée qu'elle est restée cachée dans la cave à légumes tout le temps qu'a duré l'incident. »

J'avais tellement peur, en entendant cela, que j'ai changé le sujet de la conversation en demandant à maman de me parler de la famille d'Isabelle. Son mari s'appelle Henry Grierson et ils ont trois filles. Annie, la plus jeune, est très fragile. « Je n'ai pas de nouvelles d'Isabelle depuis si longtemps, a dit maman en soupirant. J'espère que sa petite Annie est encore de ce monde. »

C'est bizarre de penser que j'ai des parents éloignés aux États-Unis et que je ne les ai jamais rencontrés. Émilie, l'aînée des filles, a mon âge. Je me demande comment elle est.

31 mai 1812

Chère Constance,

La robe de Maria est terminée. Quand Maria l'a essayée, ce soir, elle était si jolie. Je l'ai aidée à lacer son corset. Maman nous a dit que, dans sa jeunesse, les corsets étaient beaucoup plus serrés. Je suis bien contente de ne pas avoir à porter pareil attirail!

Chère Constance,

Plus qu'un jour avant d'aller à Niagara! Abbie est très jalouse. Son père va participer au défilé militaire avec son unité. Il préférerait ne pas avoir à s'y rendre parce qu'il a trop de travail, mais, s'il ne s'y présente pas, il devra payer une amende. J'aimerais qu'il emmène Abbie avec lui, mais elle doit rester chez elle. Cet après-midi, nous étions en train d'aider sa mère à faire du pain quand M. Seabrook est revenu de la forêt afin de boire un peu d'eau. Il était couvert de petits bouts d'écorce de la tête aux pieds.

Abbie dit que son père est gentil, mais il me fait peur. Il a des sourcils très noirs qui se rejoignent au-dessus de son nez et lui donnent un air menaçant. Il ne sourit jamais. Je pense qu'il ne m'aime pas. Il sait peut-être ce que papa pense de lui.

Il m'a demandé d'un ton bourru pourquoi j'avais tout le temps la permission d'aller chez eux toute seule. Il a dit que mes parents étaient trop indulgents. J'aurais aimé lui répondre que nous n'habitions qu'à un mille de là, mais je ne voulais pas être impolie. « Laisse-la tranquille, Adam », lui a dit Mme Seabrook.

Après le départ de son mari, Mme Seabrook est sortie de sa réserve habituelle et s'est excusée pour lui. Elle m'a expliqué qu'il travaillait très fort et tentait désespérément de défricher suffisamment sa terre pour pouvoir semer davantage. Jusqu'à présent, ils n'ont qu'une seule plantation de blé dans un champ truffé de souches et cette récolte devra leur durer pour tout l'hiver.

« Et s'il y a la guerre, il sera obligé d'y participer, a-t-elle ajouté. Pourquoi serait-il obligé de se battre contre notre ancienne patrie? » Sa voix tremblait et on aurait dit qu'elle allait pleurer.

J'étais tellement excitée à l'idée d'aller à Niagara que j'en avais oublié la menace de guerre. Maintenant, la peur m'assaille de nouveau, comme le loup dans mon rêve. Abbie avait l'air aussi effrayée que moi. Mme Seabrook s'est ressaisie. « Ne parlons plus de la guerre, a-t-elle dit. Peut-être qu'il n'y en aura pas, après tout. » Se pourrait-il qu'elle ait raison? Je l'espère de tout mon cœur!

Ce soir, j'essaie de laisser cet espoir m'envahir. Je réfléchis également à la remarque de M. Seabrook. Suis-je vraiment trop gâtée? Je n'y avais jamais songé. J'ai certainement beaucoup plus de liberté qu'Abbie. Elle n'a pas la permission de me voir le dimanche, ni de lire des romans, ni de venir chez moi toute seule. Et, bien sûr, elle a beaucoup plus de tâches à faire que moi. Alors, oui, je *suis* gâtée, mais c'est peut-être tout simplement parce que je suis la plus jeune chez moi. Je ne vois pas ce qu'il y a de mal à cela.

2 juin 1812

Chère Constance,

Je ne suis pas allée à l'école aujourd'hui. Je devais aider aux préparatifs du départ pour Niagara. Nous avons lavé et brossé nos plus beaux vêtements, et nos bagages sont prêts, au pied de l'escalier. Tabitha m'a donné un peu d'argent pour que je lui achète un miroir. Est-ce qu'elle deviendrait coquette? Elle n'a rien dit au sujet de Samuel et elle. Ils ne sont peut-être pas fiancés, après tout.

La pluie tombe très drue. J'espère qu'elle s'arrêtera à temps pour notre voyage. Je vais arrêter d'écrire maintenant, chère Constance, et mettre ce journal dans mes bagages afin de pouvoir tout te raconter. Je suis tellement excitée que je ne sais pas comment j'arriverai à m'endormir.

4 juin 1812
Niagara

Chère Constance,

Nous sommes dans la maison de papa, à Niagara! J'écris ces mots très tôt, jeudi matin, car j'étais trop fatiguée hier soir. La pluie a fini par s'arrêter, et la journée de mercredi a été ensoleillée et venteuse. La voiture était pleine : il y avait maman, Hamilton, Maria, moi-même, nos bagages et plusieurs barils de lard salé que Hamilton voulait vendre.

La route était encore plus difficile que d'habitude, à cause de la pluie qui était tombée. À quelques reprises, quand les chevaux se sont embourbés, nous avons dû tous descendre afin d'alléger la voiture. Il nous a fallu quatre heures pour nous rendre là-bas, et nos vêtements étaient couverts de boue.

Quelle belle ville, Niagara! J'étais très heureuse de la revoir. Je n'y était pas retournée depuis janvier, quand nous nous y étions rendus en traîneau (ce qui va évidemment beaucoup plus vite) et que tout était recouvert de neige.

Avant d'arriver à la ville, nous avons aperçu le

phare, puis les deux clochers. Le grand lac bleu semble s'étendre à l'infini. De nombreux magasins et d'élégantes maisons de bois ou de briques s'alignent le long de la route. La plupart ont de somptueux jardins en façade.

La maison de briques de papa est voisine de l'Hôtel du gouvernement. On la lui a octroyée, toute meublée, quand il a été nommé shérif, et elle contient plusieurs beaux meubles que maman aimerait bien avoir chez nous.

Hannah, la vieille gouvernante qui s'occupe de papa, a mauvais caractère. Elle n'aime pas nous voir tous là et se plaint des tâches supplémentaires que cela lui donne, même si nous l'aidons du mieux que nous le pouvons.

Nous nous sommes d'abord lavés et changés. Puis, après le dîner, maman, Maria et moi sommes allées nous promener dans la rue principale, où nous avons jeté un coup d'œil dans les vitrines. Il y avait encore plus de choses à admirer que lors de ma dernière visite.

Maman m'a donné deux shillings à dépenser! J'ai acheté deux plumes d'oie et un buvard, et il me restait encore deux pence. Maria m'a taquinée parce que j'avais choisi du matériel d'écriture plutôt que des frivolités. Quant à elle, elle s'est procurée un joli éventail pour le bal. Maman a acheté des aiguilles, de la mousseline, de la batiste, de la moutarde, des bougies et un chaudron de cuivre. Elle a aussi acheté des verres correcteurs, afin de lire plus facilement. Nous l'avons convaincue de prendre aussi les gants de chevreau qui lui faisaient tant envie. J'ai trouvé un miroir qui coûtait un peu plus cher que ce que Tabitha m'avait donné, mais j'ai ajouté mes deux pence pour faire le compte.

Des gens se promenaient dans la rue principale, à pied, à cheval ou en voiture, tous ici pour assister au bal. Il y avait de nombreux officiers britanniques, avec leurs habits rouges et leurs culottes blanches, leurs boutons de cuivre et leurs galons d'argent scintillant au soleil, sans oublier leurs hauts chapeaux ornés de plumes blanches et rouges. Je ne comprends pas comment ils font pour marcher sans se prendre les pieds dans leurs longues épées. D'ailleurs, l'un d'eux a failli accrocher la robe de maman avec son épée et il s'est aussitôt confondu en excuses. Des Indiens se promenaient aussi dans les rues, vêtus de manière aussi splendide que les soldats. De magnifiques voitures tirées par des chevaux encore plus magnifiques sont passées près de nous. Je les regardais avec tant d'intérêt que maman a dû me rappeler à l'ordre.

Nous nous sommes arrêtées à plusieurs reprises afin de bavarder avec des connaissances. Maria a rencontré Mlle Dickson, qui lui a confirmé que Charles serait *présent* au bal. Depuis, elle ne tient plus en place, tant elle est excitée.

À la ville, on soupe beaucoup plus tard que chez nous. Le mari de Caroline, James, s'est joint à nous. Maman était très déçue que Caroline ne se sente pas assez bien pour l'accompagner. James est distant avec moi, comme si je n'avais aucune importance. Il n'est pas du tout comme un frère, pour moi.

Les adultes ont parlé du major général Brock qui,

lorsqu'il est en ville, habite à côté de chez papa, à l'Hôtel du gouvernement. Il va arriver de York demain. Je les ai déjà entendus parler du général Brock. Il est membre du conseil exécutif du Haut-Canada, et papa et Hamilton ont beaucoup d'admiration pour lui.

« Il a une longue expérience de la guerre et il est aussi noble de cœur que le colonel Simcoe », a dit papa. Tout un compliment, car le colonel Simcoe est le héros de papa!

Hamilton nous a raconté comment le général Brock avait réussi à étouffer une mutinerie au sein de son régiment, il y a quelques années. « C'est un meneur d'hommes, et il mérite tout notre respect », a-t-il ajouté.

« Et j'ai entendu dire qu'il est très beau et charmant! » a dit Maria. Maman lui a fait remarquer qu'elle était beaucoup trop jeune pour faire ce genre de commentaires.

J'étais tellement fatiguée par cette journée bien chargée que j'ai vite perdu le fil de la conversation. Je me suis endormie dans mon fauteuil, et papa m'a montée dans ma chambre.

Plus tard

Pendant que tout le monde se prépare pour le bal, je vais te raconter ma journée, qui a été encore plus intéressante que celle d'hier! Après le déjeuner, Hamilton, maman et Maria sont partis rendre visite à des amis. Papa devait se rendre au fort George, alors il m'a emmenée avec lui. C'est à un mille seulement de la ville. Sur la route, plusieurs personnes se sont arrêtées pour nous parler, et j'étais très fière de tenir la main de cet homme si distingué qu'est mon père. Un très grand nombre d'Indiens campaient dans la plaine qui s'étend entre la ville et le fort. Les hommes étaient vêtus d'aussi belle façon qu'hier.

Papa avait l'intention de laisser quelques lettres au fort, puis de rentrer, mais, quand nous sommes arrivés au fort, on lui a demandé de rester afin d'assister à une réunion de la milice. « Qu'est-ce que je vais faire de *toi*? » m'a demandé papa. Il ne voulait pas me laisser seule sans surveillance, mais il n'aurait pas été convenable que j'assiste à la réunion. Il a décidé que je l'attendrais sur un banc, sous un arbre, et m'a dit de ne pas bouger de là jusqu'à son retour.

Je m'ennuyais, à l'attendre là. Au début, j'ai regardé des soldats faire un exercice sous le commandement d'un officier. Cela m'a rappelé qu'ils pourraient, sous peu, se retrouver face à un ennemi. Comme le soleil tapait fort, j'ai remonté ma coiffe et j'en ai resserré les cordons.

Et c'est là que j'ai aperçu le garçon. Il était assis par terre, non loin de moi, et il jouait avec un tourniquet.

Bien sûr, les garçons ne m'intéressent pas du tout, mais celui-là avait l'air de s'ennuyer. Il était bien habillé, mais il avait l'air triste. Il ne s'amusait pas et regardait son jouet d'un air taciturne.

« Est-ce que je peux l'essayer? » lui ai-je demandé. Il a sursauté, comme un petit animal pris par surprise, même si je suis certaine qu'il avait remarqué que je l'observais depuis un moment.

Il a haussé les épaules, mais il s'est quand même

approché et s'est assis à côté de moi, en gardant la tête basse. Il m'a tendu le tourniquet et m'a observée pendant que j'attachais les bouts de ficelle à mes mains et faisais tourner la rondelle, qui était en fait un bouton en étain. J'ai souvent joué avec des tourniquets, à l'école, et j'étais fière d'être capable de faire tourner le bouton à toute vitesse en tirant sur la ficelle.

J'ai demandé au garçon s'il habitait dans le fort, et il m'a répondu qu'il demeurait en ville. Son accent britannique m'intriguait. Puis il a dit quelque chose de très étonnant. Il habite à l'Hôtel du gouvernement avec le général Brock! Ses parents sont morts noyés tous les deux. Brock était un ami du père d'Ellis (c'est le nom du garçon), et c'est lui qui l'élève, maintenant.

Évidemment, je lui ai demandé de me parler du célèbre général. Ellis a dit que c'était un homme très bien, mais qu'il n'avait pas souvent l'occasion de le voir. Il attendait son arrivée avec impatience, cet après-midi.

« Je suis fier d'être son pupille », m'a-t-il confié. C'est Porter, le domestique de Brock, qui s'occupe de lui. C'est pour cette raison qu'Ellis était au fort. D'habitude, il va à l'école de M. Cockerel, en ville, mais comme c'était congé aujourd'hui, il a accompagné Porter, qui devait livrer des documents au fort.

Ellis m'a dit qu'il avait 10 ans (mais il est plus grand que moi). Il est très poli, bien plus que tous les garçons que j'ai rencontrés jusqu'à ce jour. Il a la peau très pâle, et ses cheveux sont roux comme une carotte. Il y avait une drôle de lueur dans ses yeux, comme si quelque chose le tourmentait. Je suppose que ses parents lui manquent beaucoup.

Il a proposé de me faire visiter le fort. J'ai hésité une seconde, puis j'ai décidé de le suivre. J'ai désobéi à papa.

Le fort est très grand, et comprend plusieurs bâtiments. Nous avons jeté un coup d'œil à l'intérieur des casernes des soldats, et j'ai été surprise d'y apercevoir des femmes et des enfants. Ellis m'a dit que certains soldats emmenaient leur famille avec eux et que c'étaient là leurs quartiers. Une femme nous a fait signe d'entrer, mais il y avait déjà tellement de monde là-dedans et il y faisait si sombre que j'ai secoué la tête.

Puis nous avons gravi l'énorme remblai de terre qui entoure le fort. Au sommet, des canons trônent sur des plateformes de bois toutes propres, et sont pointés en direction de la rivière. Nous nous sommes glissés dans l'espace étroit devant la bouche d'un des canons afin d'admirer la vue. La rivière Niagara coulait à nos pieds. Il y a un phare à son embouchure. Le fort Niagara est situé juste en face du fort George, de l'autre côté.

Je ne m'étais jamais rendu compte que les États-Unis étaient si près. S'il y a la guerre, l'ennemi se trouvera à moins d'un mille de nous! J'ai touché le métal froid du canon qui est prêt à tirer de l'autre côté. Mon cœur s'est mis à battre si fort que je suis sûre qu'Ellis pouvait l'entendre.

Il m'a emmenée voir le nouveau bastion du Cavalier, un gros ouvrage de fortification que le général Brock est en train de faire ériger. De nombreux soldats y travaillaient. « Si on nous attaque, ceci nous aidera à faire tomber le fort Niagara », m'a dit Ellis, rempli de fierté. Mon cœur s'est mis à battre encore plus fort. Ellis m'a montré les abris protégés contre les boulets de canon qu'on a creusés à l'intérieur du remblai de terre. Il les a appelés casemates.

Un soldat nous a dit que nous les dérangions, lui et ses compagnons, alors nous sommes retournés à notre banc. J'étais soulagée de voir que papa n'était pas revenu pendant mon absence.

Ellis n'aimait pas croiser mon regard. Il fixait le sol tandis que je lui parlais de la ferme, de l'école et d'Abbie. Nous avions une conversation si intéressante (même si c'était presque tout le temps moi qui parlais) que je n'ai même pas vu papa arriver.

Ellis a aussitôt sauté sur ses pieds et il s'est incliné devant papa, puis il a détalé comme un lapin effrayé. J'ai raconté à papa qu'il vivait avec le général Brock.

« J'ai entendu parler de ce garçon, a dit papa. C'est très généreux de la part de Brock de lui offrir un foyer. Le général doit être aussi bon qu'il est important. »

Papa et moi sommes rentrés en ville pour le dîner. Puis maman, Maria, Hannah et moi avons regardé le défilé militaire dans la plaine. Quel spectacle! Comme papa vient tout juste d'être nommé commandant en chef du régiment des Niagara Light Dragoons, il paradait à la tête de sa nouvelle unité. Hamilton est lieutenant et il n'était pas loin derrière papa, de même que James. Maria a aperçu Charles et ne l'a plus quitté des yeux. J'étais fière de voir nos hommes si bien mis dans leurs nouveaux uniformes, avec leurs redingotes bleues et leurs sabres.

Les soldats britanniques étaient magnifiques à regarder, eux aussi, avec leurs redingotes rouges, ainsi que leurs épées et leurs insignes qui brillaient au soleil. Ils suivaient parfaitement le rythme donné par les fifres et les tambours, tandis qu'ils avançaient, les jambes raides. En passant devant un militaire de très grande taille, ils le saluaient. Maman m'a dit que c'était le général Brock! J'ai plissé les yeux pour tenter de mieux le voir, mais il était si loin que je ne voyais qu'une tache rouge.

La musique entraînante me donnait envie de me joindre au défilé, moi aussi. Une bande de chiens suivaient la fanfare en aboyant, et l'un d'eux, qui ressemblait à Jack, mordillait les talons des musiciens!

Nous avons ri en voyant passer la milice locale. Les hommes portaient leurs habits de tous les jours et marchaient à leur propre rythme. Certains portaient une bêche, d'autres une canne ou un bâton, au lieu d'un mousquet! J'ai aperçu M. Seabrook, qui avait l'air de très mauvaise humeur.

Étrangement, le spectacle du défilé militaire a apaisé la peur que j'avais ressentie à l'intérieur du fort. C'était un tel déploiement qu'on aurait dit une mise en scène ou un jeu, quelque chose qu'on aurait organisé simplement pour nous divertir et qui n'a rien à voir avec la guerre.

À la fin, il y a eu une salve d'artillerie en l'honneur du roi. Très impressionnant! D'abord un coup de canon, puis une succession de coups de mousquets tirés d'un bout à l'autre d'un rang de soldats. Puis tous les soldats ont tiré un coup en même temps. Le terrain de manœuvre s'est couvert d'un nuage de fumée blanche si épais qu'on ne voyait presque plus les soldats. La poudre avait une odeur d'œufs pourris.

Tabitha aurait aimé entendre cette salve. Elle aime beaucoup le roi, qui est malade. Son fils, le régent, règne à sa place.

La soirée va me sembler bien ennuyeuse après une telle journée, et je n'écrirai probablement rien de plus aujourd'hui. Tout le monde va au bal, sauf moi qui vais rester avec Hannah, une gouvernante à l'air revêche.

Plus tard

Il est très tard, mais je dois encore te raconter quelque chose. La soirée n'a pas été ennuyeuse du tout, finalement! J'ai d'abord dit au revoir à toute ma famille. J'étais fière de les voir tous si élégants. Papa et Hamilton étaient très beaux, dans leurs redingotes bleu nuit, leurs culottes et leurs longs bas. J'avais astiqué les boucles de leurs chaussures jusqu'à ce qu'elles reluisent. Maman portait sa plus belle robe de dentelle noire, et une grande plume ornait ses cheveux. C'est une très belle femme, pour son âge.

Maria était éblouissante. Je l'avais aidée à retirer les papillotes qu'elle s'était faites sur le front, et ses cheveux bouclaient joliment. Le reste de sa chevelure était tressé et remonté en un savant chignon. Sa nouvelle robe lui allait parfaitement. Elle avait l'air beaucoup plus vieille que ses 15 ans, mais elle était très nerveuse quand elle m'a dit bonsoir. Elle m'a demandé de prier pour que Charles vienne lui demander de lui accorder une danse. Je ne ferai pas de prière pour une chose aussi frivole, mais j'espère sincèrement qu'elle va s'amuser.

Hannah m'a dit, en grommelant, de ne pas la déranger. Quand je lui ai demandé la permission de sortir, elle me l'a refusée. Alors je suis restée assise à la fenêtre, à regarder les dames et les messieurs qui arrivaient au bal, à pied, à cheval ou en voiture. Il faisait encore très clair, et je me morfondais, enfermée ainsi.

Et là, j'ai aperçu Ellis! Il était assis sur une marche, devant l'Hôtel du gouvernement, l'air aussi triste que moi. Quand je l'ai appelé, il a sauté sur ses pieds et il est venu sous ma fenêtre. Il m'a demandé de descendre. J'ai hésité, puis je lui ai dit d'aller me rejoindre sur le côté de sa maison.

J'ai descendu l'escalier sans faire de bruit, puis j'ai jeté un coup d'œil dans la cuisine. Hannah lavait la vaisselle, le dos tourné à la porte. Sans perdre de temps, j'ai traversé le hall d'entrée, je suis sortie et j'ai couru vers le côté de l'Hôtel du gouvernement. Quand Ellis m'a vue, il a souri pour la première fois. Il a l'air beaucoup moins tourmenté, quand il sourit.

Nous nous sommes bien amusés! Il y avait tellement de monde dans les rues que personne ne s'est aperçu de notre présence parmi les gens qui se rendaient au bal. Beaucoup des dames et des messieurs étaient encore mieux habillés que les gens de ma famille. Je ne pouvais pas m'empêcher de les regarder.

Nous n'avons pas osé nous joindre aux danseurs, bien sûr, mais nous les avons observés par les portes et les fenêtres. Un orchestre militaire jouait, et une cinquantaine de couples dansaient tandis que d'autres personnes les regardaient. J'ai cherché tous les membres de ma famille et je les ai montrés du doigt à Ellis. Hamilton et Catherine dansaient une allemande. Papa et maman aussi. Hamilton était vraiment radieux! Je n'arrivais pas à trouver Maria. Puis je l'ai enfin aperçue en train de danser le cotillon devant Charles.

Ellis m'a indiqué la haute silhouette du général Brock, entouré de dames, mais je n'ai pu voir que l'arrière de sa tête, avant qu'il quitte la pièce. « Je lui ai apporté un verre de bière avant le bal, m'a dit fièrement Ellis. Il attendait cette soirée de bal avec impatience. »

Finalement, nous en avons eu assez de regarder les gens et nous sommes retournés dehors. Il faisait noir, mais de la lumière émanait des maisons. Elles doivent avoir un nombre impressionnant de bougies! On entendait des rires et de la musique provenant des fenêtres grandes ouvertes. Un groupe d'hommes ivres sont passés près de nous en titubant et en chantant. Tout était si brillant et si animé, comparé à la campagne. On aurait dit que l'air vibrait sous l'effet de tant d'animation.

Ellis m'a invitée à entrer chez lui. C'est grandiose, mais austère. Il m'a fait visiter le bureau du général Brock. Il marchait sur la pointe des pieds, comme s'il s'était trouvé dans un sanctuaire. Une quantité inimaginable de livres en couvre tous les murs! Les aides de camp du général, le capitaine Glegg et le lieutenant-colonel Macdonell, habitent là, eux aussi. Ellis aide souvent Porter à servir leurs repas ou à astiquer leurs bottes.

Puis nous sommes montés dans la chambre d'Ellis, une toute petite pièce sous les combles, et il m'a appris les rudiments du jeu d'échecs. Les pièces de son jeu sont sculptées dans de l'ivoire et elles lui viennent de son père. J'ai beaucoup aimé ce jeu. Ellis a dit que j'apprenais vite.

Il m'a raconté un peu de sa vie. Il est né en Angleterre et il avait quatre ans quand il est arrivé dans le Haut-Canada avec ses parents. Son père, le capitaine Babcock, était en poste à York. Ellis a vécu dans des casernes militaires presque toute sa vie, accompagnant ses parents là où on les envoyait. Il n'a pas parlé de leur accident, et j'ai bien vu qu'il n'en avait pas envie.

Il m'a encore parlé du général Brock, qui aime lire Homère et a prêté *l'Iliade* et *l'Odyssée* à Ellis. « Le personnage préféré du général est Ulysse. Moi, je trouve qu'il ressemble davantage à Achille, a dit Ellis avec une étrange lueur dans le regard. Je dirais même qu'il lui ressemble beaucoup trop. »

Maman a déjà lu Homère et dit que c'est trop compliqué pour moi. Ellis doit être très précoce pour son âge. Je n'ai pas compris ce qu'il voulait dire, à propos du général Brock et d'Achille, ni pourquoi il avait l'air si inquiet en parlant, mais je suis flattée qu'il m'ait confié tant de choses.

J'ai changé d'idée au sujet des garçons : ils ne sont pas tous aussi désagréables qu'Élias.

Je suis partie quand Ellis et moi avons eu tellement sommeil que nous n'arrivions plus à nous concentrer sur les échecs. J'avais peur qu'Hannah me surprenne, mais j'ai réussi à me faufiler dans la maison sans problèmes. Elle s'était endormie devant le feu de la cuisine. Je me suis mise au lit, et c'est à peine si j'ai entendu Maria lorsqu'elle s'est couchée à côté de moi, quelques heures plus tard.

5 juin 1812

Chère Constance,

Toute la matinée, Maria n'a pas arrêté de me parler du bal, des robes somptueuses et des beaux officiers, du festin de tourtes, de canards, d'écrevisses, de tortues, de desserts et de fromages. Elle a dansé trois fois avec Charles. Évidemment, je ne pouvais pas lui dire que je l'avais vue! Elle n'aurait pas approuvé mon audace. Je souriais en pensant à mon secret.

Je suis trop fatiguée pour décrire le reste de ma journée. Il a fallu que j'enfile ma plus belle tenue et mes chaussures du dimanche pour accompagner maman et Maria dans leur tournée de visites. J'ai dû rester assise et écouter les dames jacasser. C'était très ennuyeux. Hamilton est allé à une course de chevaux, et j'aurais bien aimé l'accompagner. Toute la journée, je me suis demandé ce qu'Ellis faisait. J'ai regardé plusieurs fois par la fenêtre, mais je n'ai pas eu la chance de l'apercevoir.

Comme il fait un temps magnifique, nous irons voir les chutes Niagara en voiture demain! J'ai hâte!

Chère Constance,

Maria dort déjà, mais l'excursion d'aujourd'hui était tellement formidable qu'il faut absolument que je te raconte tout ça avant d'aller me coucher aussi.

Nous sommes partis à l'aube, mais sans Hamilton. Charles et lui retournaient aux courses de chevaux. Maria voulait y aller avec eux, mais maman a dit que ce ne serait pas convenable.

Au début, la route, qui longeait la rivière, était très pittoresque et bordée de vergers et de champs. Queenston se trouve au pied de l'escarpement. C'est un bel endroit. Son port est plein de bateaux, et les berges de la rivière montent à pic, de chaque côté. Papa s'est montré très intéressé à la vue de deux navires accostés, le *Royal George* et le *Gloster*. « Ils nous ont sans doute amené des renforts », a-t-il dit. Il avait l'air content, et j'ai essayé de ne pas penser à la raison de sa satisfaction. On pouvait aussi voir d'autres bateaux, d'où on débarquait des marchandises. Une vingtaine de bâtiments étaient éparpillés parmi les vergers et les jardins. La rivière est très étroite à cet endroit : à peine 200 verges, a précisé papa. J'ai fait remarquer à Maria que les États-Unis étaient vraiment très près. J'en avais le frisson, mais cela ne semblait pas l'inquiéter autant que moi.

Puis maman nous a rappelé le jour où papa, Caroline, Hamilton et elle-même avaient débarqué au port de Queenston, à leur arrivée dans le Haut-Canada. Est-il vraiment possible que nous ayons à nous battre contre leur ancienne patrie? Toutes ces sombres pensées gâchaient mon plaisir, alors j'ai fait un gros effort pour les chasser de mon esprit.

Nous ne nous sommes pas arrêtés pour le dîner. Nous avons plutôt cassé la croûte dans la voiture tandis que nous gravissions la pente abrupte du chemin Portage. C'était amusant, d'essayer de tenir le fromage et le pain en équilibre, malgré les mouvements saccadés de la voiture. Maman donnait des petites bouchées à papa tandis qu'il tenait les rênes, ce qui nous a fait rire.

Le paysage est devenu de plus en plus impressionnant, à mesure que nous approchions des chutes. On pouvait entendre leur bruit assourdisant bien avant d'y arriver.

Quelle splendeur, cette gigantesque masse d'eau qui tombe dans un immense fracas! J'ai repoussé ma coiffe afin de sentir les embruns sur mon visage. Il y a trois chutes, en réalité : la Horseshoe et la Montmorency de notre côté, et la chute du fort Schlosser, du côté américain. Au-dessus du rocher qu'on appelle Table Rock, tout en bas, des aigles tournoyaient en jetant des cris. Papa a dit qu'il y avait des serpents à sonnettes, à cet endroit.

Maman et papa ont vu les chutes plusieurs fois déjà, mais c'était notre première visite, à Maria et à moi, et nous étions béates d'admiration. Nous nous sommes promenés et avons observé les chutes pendant presque une heure. Maria et moi ne pouvions pas nous arracher à ce spectacle. Maman a dit que les chutes Niagara sont un exemple de la toute-puissance de Dieu. En les regardant, je me suis sentie apaisée par leur force titanesque, habitée par le sentiment que Dieu s'occupe de l'Univers et que je n'ai qu'à avoir foi en Sa sagesse.

Finalement, nous avons dû repartir, car nous étions invités à souper chez les Hamilton, à Queenston. Maria aurait voulu passer d'abord chez les Secord, qui y habitent aussi (Mme Secord est la sœur aînée de Charles). Maman l'a grondée, en lui disant qu'elle ne connaît pas Charles assez bien pour aller rendre visite à ses proches. Elle a rappelé à Maria qu'elle n'a que 15 ans. Maria a boudé, jusqu'au moment où la splendeur de la maison des Hamilton est venue faire diversion.

Je n'ai jamais vu une résidence aussi magnifique! C'est un manoir en pierres, campé au haut d'une falaise qui surplombe la rivière. Il est flanqué de deux ailes, et il a une longue galerie couverte et quatre cheminées. À l'intérieur, il y a quantité de beaux meubles.

Les Hamilton se sont montrés très courtois. On nous a d'abord emmenés nous rafraîchir après cette journée d'excursion, puis on nous a servi un souper très copieux. Après le repas, Mme Hamilton a demandé à maman de jouer du piano-forte. Comme les Hamilton sont écossais, maman a joué un reel, qui est une danse traditionnelle de leur pays.

Je ne peux rien écrire à propos du retour, car j'ai dormi pendant tout le voyage. Je suis revenue à la vie quand nous sommes arrivés en ville. La fenêtre de la chambre d'Ellis était éclairée. Je me demande s'il a déjà vu les chutes.

7 juin 1812

Chère Constance,

Nous sommes de retour chez nous. Maria et moi venons d'avoir une longue discussion à propos de ce que nous préférons : la ville ou la ferme. Maria dit qu'elle aimerait que nous habitions tout le temps à Niagara. Ce qu'elle veut, bien sûr, c'est aller à d'autres bals. Je me sens mieux à la ferme, et j'étais très contente de revoir Tabitha et Jack. En ville, on ne me permettrait pas d'aller où je veux, comme ici, et je serais obligée de passer beaucoup trop de temps à faire des visites ennuyeuses avec maman. Toutefois, j'ai bien aimé voir tous ces gens qui s'affairaient et l'animation qui régnait là-bas. La vie tranquille que nous menons ici est bien monotone, si on la compare à celle de Niagara.

Ellis me manque beaucoup, et je me demande ce qu'il est en train de faire et si je le reverrai, un jour. Comme il est gentil! Élias et les autres, à l'école, font figure de malotrus, par comparaison avec lui. Ellis et Élias sont des prénoms qui se ressemblent beaucoup, mais les garçons qui les portent sont très différents l'un de l'autre.

Ce soir, tandis que j'étais assise sur les genoux de papa, il m'a raconté qu'enfant, il attachait ses cheveux sur sa nuque! Je l'ai taquiné, en lui disant qu'il avait porté une natte dans le dos. J'étais contente d'avoir passé tout ce temps avec papa, à la ville. J'aimerais beaucoup qu'il ne soit pas obligé d'y retourner demain, comme d'habitude.

Chère Constance,

Tout le monde autour de moi est amoureux. Au moins, Abbie respecte sa promesse de ne pas me parler d'Uriah. Mais j'ai remarqué qu'elle l'observait continuellement. Je ne lui ai pas parlé d'Ellis. Elle croirait sûrement que je pense à lui de la même façon qu'elle pense à Uriah, alors que ce n'est pas vrai.

Hamilton a encore demandé à Catherine de l'épouser et, encore une fois, elle lui a répondu qu'elle n'était pas prête à prendre une décision. Il me l'a raconté tandis que nous ramenions les vaches. « Mais je n'abandonnerai pas! » m'a-t-il dit. Il avait les larmes aux yeux, et j'avais de la peine pour lui. Catherine est toujours gentille avec moi et j'aimerais bien qu'elle devienne ma sœur.

Samuel est venu rendre visite à Tabitha après le souper, et ils sont restés assis à la cuisine pendant un long moment. Quant à Maria, je lui ai dit que je ne voulais plus l'entendre parler du bal. Elle me rabat les oreilles avec ses histoires!

9 juin 1812

Chère Constance,

Tandis que j'aidais Tabitha à battre la crème dans la baratte, elle m'a raconté que Samuel l'avait demandée en mariage! Mais, à mon grand soulagement, elle dit qu'elle n'est pas certaine de vouloir l'épouser. Il a une petite maison et il gagne peu avec son travail d'engagé. Elle ne le trouve pas très intelligent. « Je

56

mérite mieux », a-t-elle dit en reniflant.

Sa décision m'apparaît un peu trop calculée. Je voulais lui demander si elle était *amoureuse* de Samuel, comme Hamilton l'est de Catherine, mais les enfants ne sont pas censés parler de ces choses-là. Alors, je dois me contenter de t'en parler à toi.

10 juin 1812

Chère Constance,

Il fait très chaud, et on étouffe à l'école. À la maison, tout le monde a les nerfs à fleur de peau. Tabitha m'a grondée parce que j'avais laissé Jack lécher l'assiette de viande. Je le fais tous les jours, et elle n'a jamais rien dit. De toute façon, nous lavons le plat comme il faut, ensuite, alors qu'est-ce que ça peut faire?

Maman a grondé Maria; elle dit qu'elle est trop paresseuse. Depuis que nous sommes revenus, Maria n'a rien fait, ni couture, ni lecture, ni chant, ni rien qui lui permette de s'améliorer. Maria a pleurniché toute la soirée, de manière tellement pitoyable qu'elle a fini par nous mettre à bout de nerfs.

Et, pire que tout, les adultes discutaient entre eux, à voix basse, au sujet de la guerre. J'essaie de ne pas écouter quand j'entends leurs voix remplies d'inquiétude.

11 juin 1812

Chère Constance,

Maria se comporte de façon très bizarre. Elle a passé toute la journée au lit, avec un mal de ventre. Elle m'a dit que c'est un état que je vais connaître chaque mois, moi aussi, quand j'aurai le même âge qu'elle. Je ne la crois pas. Elle joue la comédie, juste pour m'embêter.

Elle ne veut plus que j'entre dans la chambre quand elle s'habille. Maman est souvent avec elle, et elles se parlent tout bas. J'aimerais bien connaître leur secret, mais elles ne veulent rien me dire.

12 juin 1812

Chère Constance,

Ma journée a été absolument épouvantable. C'était le dernier jour d'école, et il ne ressemblait à rien de ce que j'ai pu connaître à l'école jusque-là.

Nous avons passé tout l'avant-midi à faire un concours d'épellation. J'ai gagné avec le mot « œcuménique » et j'ai même battu Conrad, qui est le meilleur en épellation à notre école. (Je ne sais même pas ce que le mot veut dire et j'ai deviné l'orthographe, tout simplement.)

Après le dîner, M. Simmons a dit que nous ne ferions plus de travail scolaire du reste de la journée. À la place, ceux et celles qui en avaient envie pouvaient choisir une chanson à faire chanter par toute la classe. La petite Sarah a choisi une comptine traditionnelle. Élias nous a fait chanter une marche militaire très entraînante. Puis Nathaniel a voulu nous apprendre une chanson plutôt crue qu'il avait lui-même apprise de son père, mais en l'entendant, M. Simmons a été très choqué et a menacé de fouetter Nathaniel s'il n'arrêtait pas de la chanter.

Moi, j'ai chanté la berceuse de Tabitha (celle qui parle de Napoléon), mais je l'ai fait toute seule parce que personne d'autre ne la connaissait. Tout le monde a bien ri. C'était la première fois de ma vie que je chantais à l'école et, malgré ma voix qui faussait un peu, tout le monde a apprécié la chanson.

Puis une chose épouvantable s'est produite. M. Simmons a demandé à chacun de nous de dire où il habitait avant de venir s'installer dans le Haut-Canada. Élisabeth, Élias et moi étions les seuls à être nés ici, de familles loyalistes. Patrick et Robert viennent de l'Irlande, Ralph de l'Angleterre, Conrad de l'Allemagne, et Henrik de la Hollande. Mais la plupart des élèves sont américains, comme Abbie.

« Je vous demande de réfléchir à ceci, a dit M. Simmons en pesant ses mots. Vous êtes presque tous nés aux États-Unis où vos parents y sont nés. Or la Grande-Bretagne pourrait bientôt vous demander de vous battre contre votre ancienne patrie. »

Ses mots nous sont tombés dessus comme une douche froide, nous faisant oublier le plaisir que nous venions d'avoir à chanter. Élias lui a demandé ce qu'il voulait dire exactement.

M. Simmons a répondu que cela se produirait si jamais il y avait la guerre. À son avis, il y en aurait *probablement* une. Je me suis sentie trembler à l'intérieur. Il nous a expliqué qu'il était arrivé au

Haut-Canada il y avait deux ans, en provenance du Vermont, dans l'espoir de faire sa vie ici. Il a décidé de retourner là-bas!

Il ne peut pas rester dans notre pays, car le gouvernement lui demande de jurer fidélité au roi.

Puis, sur un ton de colère, il a dit : « Il n'est pas mon roi, et je ne vois pas non plus de quelle façon il pourrait être le vôtre, sauf dans le cas de Robert, Ralph et Patrick. Je ne veux pas être forcé de combattre mes compatriotes. » C'est demain qu'il repart au Vermont.

Nathaniel lui a demandé qui allait nous enseigner. M. Simmons a dit qu'on allait trouver un autre maître. Puis il nous a tous renvoyés avant l'heure. Il a dit qu'il avait eu beaucoup de plaisir à nous enseigner et qu'il nous souhaitait bonne chance. Il nous a demandé de venir un par un à son bureau afin de lui serrer la main.

Quand mon tour est arrivé, M. Simmons a dit que j'étais très intelligente et qu'il espérait que je trouverais une école où je réaliserais mon potentiel. Je lui ai fait la révérence et je l'ai remercié, mais j'étais trop effrayée par ce qu'il venait de dire pour me réjouir de ses compliments.

Je me sens triste aussi parce que je ne fréquenterai plus cette école-là. Oh! Constance, pourquoi les choses doivent-elles changer?

13 juin 1812

Chère Constance,

Ce matin, dans la grange, j'ai répété les paroles de M. Simmons à Hamilton. Mon frère a dit qu'il faisait bien de partir maintenant, s'il ne voulait pas s'engager.

Il parlait d'un ton très grave.

Je n'ai pas pu me retenir de lui demander ce que je ne voulais pas savoir : va-t-il y avoir la guerre?

« Cela se pourrait très bien, a répondu Hamilton. Sincèrement, j'espère que non, mais tout indique qu'il y en aura une. »

J'ai essayé de ne pas lui laisser voir combien ses mots me terrifiaient. « S'il y en a une, est-ce que nous devrons nous battre contre notre ancienne patrie, comme l'a dit M. Simmons? », lui ai-je demandé, la gorge serrée.

« Nous sommes des Canadiens du Haut-Canada maintenant, pas des Américains. Nous obéissons au roi. S'il y a la guerre, nous devrons nous battre pour lui, tout comme papa l'a fait durant la guerre de l'Indépendance. »

J'ai été incapable de retenir mes larmes plus longtemps. « Est-ce que papa va devoir aller se battre encore une fois? Et toi aussi? »

Hamilton a essuyé mes yeux avec son mouchoir. « Nous n'aurons pas le choix, Suzanne, a-t-il répondu en soupirant. Personne ne veut la guerre, mais nous sommes coincés entre le Lion et l'Aigle. Je ne vois pas comment nous pourrions l'éviter. Mais je te demande d'être courageuse et de ne plus y penser. »

Je ne me sens pas courageuse du tout et je suis incapable de m'empêcher d'y penser, Constance. Tu es la seule personne à qui je peux en parler.

Chère Constance,

Très peu de gens se sont rendus à l'église, ce matin, parce que le prédicateur était un laïque. En plus, il y avait tellement de mouches que c'était difficile de prêter attention à son sermon. Mais M. Hartsell a dit une chose qui m'a réconfortée : que Dieu nous tient dans le creux de Ses mains.

Tout l'après-midi, nous sommes restés dans la maison, où il faisait très chaud, afin d'échapper aux mouches. Je suis couverte de piqûres rouges et boursouflées. J'ai commencé à lire *Robinson Crusoé* pour la troisième fois. Me replonger dans l'univers de l'île de Robinson était une autre façon d'oublier mes soucis. D'habitude, le dimanche, maman ne me laisse pas lire des romans, mais aujourd'hui, elle me l'a permis. D'ailleurs, nous avions tous le nez plongé dans un livre, ce qui nous aidait à oublier les mouches.

15 juin 1812

Chère Constance,

En participant aux tâches ménagères, j'en arrive à oublier ce qui me fait si peur. Il y a tant à faire que je me sens coupable d'y avoir échappé, du temps où j'allais à l'école.

Et Maria a fait en sorte que je me sente encore plus coupable. Elle s'est remise de son étrange maladie, mais elle est encore très irritable. Comme c'est lundi, nous avons passé toute la journée à faire la lessive. J'avais oublié à quel point c'était épuisant, même si notre tâche est maintenant un peu plus facile grâce au lavoir que Hamilton a construit l'année dernière. Nous n'avons plus à faire la lessive dans la cuisine.

Tabitha frottait les vêtements de travail de Hamilton tandis que Maria faisait bouillir les cotons, en les brassant avec un bâton. La chaleur du feu s'ajoutait à celle de la journée, et la sueur nous coulait dans les yeux. J'ai aidé maman à verser de l'eau bouillante sur le linge fin. Elle m'a laissée passer le sachet de bleu à laver dans l'eau : j'aime voir les volutes de couleur que cela produit. Nous avons mis la grosse mousseline à tremper dans l'empois. Puis nous avons étendu tous les gros morceaux sur la corde à linge.

Tandis que j'aidais Maria à étendre le linge, j'ai fait l'erreur de me plaindre de ne pas avoir encore dîné. Fâchée, elle m'a répondu que, quand j'étais à l'école, elles se passaient souvent de dîner le lundi et a ajouté que j'avais de la chance de n'avoir pas été obligée de faire la lessive pendant presque toute l'année.

Elle a raison, bien sûr, mais ses paroles m'ont blessée quand même. J'étais contente de la laisser là et d'aller plutôt aider maman à étendre les petits morceaux sur l'herbe. Je les ai humectés avec un arrosoir afin qu'ils blanchissent. Je me suis si bien amusée à faire cela que j'en ai oublié les paroles de Maria. Une fois que la lessive a été terminée, nous avons pris un repas tardif, puis maman m'a laissée le reste de l'après-midi libre.

Je ne suis pas allée chez Abbie parce que sa mère et elle devaient être occupées à faire la lessive aussi. Je me suis plutôt amusée à essayer de convaincre Sukie de sauter par-dessus un rondin. Elle ne voulait pas, cette tête de pioche, alors je l'ai laissée là et j'ai encouragé Jack, qui nous avait accompagnées, à le faire. Ensemble, nous avons sauté encore et encore, et Jack aboyait de plaisir. Parfois, il a l'air d'un humain plutôt que d'un animal, surtout quand les coins de sa bouche se retroussent comme s'il essayait de sourire.

Une douce brise avait chassé presque toutes les mouches, l'air sentait bon, et j'ai trouvé les premières fraises de la saison. Le plus agréable, dans tout cela, c'était que je n'avais pas à m'asseoir dans la classe sombre et à écrire des listes interminables!

16 juin 1812

Chère Constance,

Ce matin, nous avons fait le repassage, ou plutôt, maman, Maria et Tabitha l'ont fait. Il est très difficile de chauffer le fer à la bonne température et de faire rouler les volants des chemises de papa et de Hamilton. Alors, on ne me fait pas confiance pour ce travail. Je dois accrocher le linge fraîchement repassé un peu partout dans la maison afin de le laisser refroidir. Ça sent tellement le propre!

Après le dîner, j'ai dû me mettre à la couture : je suis en train de faire des mouchoirs. Finalement, j'ai eu la permission d'aller chez Abbie avec Sukie. Nous avons passé le reste de l'après-midi à nous occuper de Paul et Johnny. Ce sont deux vrais petits diables, et nous avons eu beaucoup de difficulté à les empêcher de faire des bêtises. Nous les avons emmenés au ruisseau. Ils ont été tellement occupés à barboter et à jouer dans le sable qu'Abbie et moi avons enfin pu parler ensemble. Nous chassions les mouches en agitant des branches d'arbres, mais une mouche a réussi à entrer dans ma bouche. Je l'ai recrachée avec dégoût.

« D'après toi, est-ce qu'il va y avoir la guerre? » m'a-t-elle demandé.

C'était la première fois que nous en parlions. Tout ce que j'ai pu lui dire, c'était que j'espérais que non. Nous avons osé nous raconter nos craintes. Y aura-t-il des combats dans les environs? Allons-nous être en sécurité? Et, pire que tout, est-ce que les hommes de nos familles vont se faire tuer? C'était terrifiant, mais en même temps, nous étions soulagées d'exprimer toutes ces horreurs à voix haute.

Abbie est inquiète au sujet de son père. Il n'arrête pas de dire qu'il est américain et qu'il n'aurait aucune raison de se battre dans le camp britannique, exactement comme M. Simmons. D'ailleurs, il n'en aurait pas le temps, parce qu'il est trop occupé à faire un nouveau chez-soi pour sa famille. Il est venu dans le Haut-Canada pour cela, et non pour se battre.

J'ai demandé à Abbie si son père avait juré fidélité au roi, lui. Abbie avait l'air effrayée. Elle a dit qu'il l'avait fait quand ils sont arrivés ici, mais dans le seul but d'obtenir une terre. Il n'a pas l'intention d'en tenir compte.

Papa désapprouverait sûrement cela, s'il venait à l'apprendre! Abbie m'a serré le bras. « Suzanne, qu'est-ce qui va arriver à mon père? Je ne veux pas qu'il aille se battre, mais va-t-il se faire arrêter s'il refuse? Ou bien, serons-nous obligés de retourner aux États-Unis, comme M. Simmons? »

Je ne savais pas quoi répondre à toutes ces questions compliquées. Nous nous sommes regardées, le cœur rempli de désespoir. Finalement, je lui ai dit ce que Hamilton m'avait suggéré de faire : essayer de ne plus y penser.

Alors nous nous sommes levées et nous avons décidé de nous baigner. Nous avons retiré nos chaussures et nos chaussettes, nos robes, nos jupons et nos pantalons bouffants, ne portant plus que nos sous-vêtements, nous sommes entrées dans le ruisseau. Les petits, qui ne savent pas nager, nous encourageaient depuis la rive.

Hamilton m'a appris à nager, mais je suis tellement maigre que j'ai de la difficulté à flotter. Abbie, qui est plus rondelette, est meilleure nageuse que moi. Nous nous sommes éclaboussées, nous avons mis la tête sous l'eau et nous avons craché des jets d'eau. Puis nous avons déshabillé les petits, en avons pris un chacune et les avons emmenés dans l'eau plus profonde.

Ils criaient, tellement ils étaient excités! Moi, je tenais Johnny, et j'avais l'impression d'avoir entre les bras un poisson visqueux qui n'arrêtait pas de gigoter. Je l'ai fait glisser à la surface de l'eau, au bout de mes bras, d'un côté puis de l'autre, et il hurlait de plaisir.

Finalement, nous nous sommes tous assis au soleil jusqu'à ce que nous soyons assez secs pour nous rhabiller. Johnny est venu se blottir sur mes genoux et s'est aussitôt endormi. Abbie a bien de la chance, d'avoir des petits frères, même si elle pense le contraire.

Ce soir, Maria m'a grondée en voyant mes pieds sales et elle m'a obligée à bien les nettoyer avant de venir m'asseoir ici et de me mettre à écrire. J'en ai assez de sa mauvaise humeur.

Ces jours-ci sont vraiment paisibles. Je ne supporte pas l'idée que quelque chose vienne les gâcher. *Je ne dois pas y penser!*

17 juin 1812

Chère Constance,

Maria avait oublié de resserrer les cordes du lit, alors, ce soir, quand elle s'est couchée, elle s'est retrouvée par terre! Il fallait la voir, les quatre fers en l'air et le derrière complètement enfoncé dans le matelas! Je ne pouvais pas arrêter de rire. Au bout d'un moment, elle s'est mise à rire elle aussi, et maintenant, nous sommes redevenues de bonnes amies.

18 juin 1812

Chère Constance,

Hamilton fait pitié à voir. Catherine et ses parents sont repartis à New York, par crainte de la guerre.

Avant de partir, Catherine lui a promis sa main. Mais comme le père de Catherine trouve que Hamilton est encore trop jeune, ils doivent attendre deux ans avant de se fiancer. Sa promesse est donc un secret, et je ne dois en parler à personne.

La joie de Hamilton est ternie par la tristesse du départ de sa bien-aimée. Je ne l'ai jamais vu aussi abattu. Afin de le dérider, Tabitha lui avait préparé son dessert préféré au souper, mais en vain. Il n'a pas voulu se joindre à nous, au salon. Il a préféré aller s'asseoir sur le perron et fumer la pipe, avec une expression d'angoisse que je ne lui avais jamais vue. J'ai essayé de le réconforter, mais il m'a dit qu'il voulait rester seul.

Il semble inconcevable que Catherine et sa famille vivent dorénavant dans un pays qui pourrait devenir notre ennemi. Oh! Constance, j'essaie d'être courageuse, mais ce soir, c'est impossible!

19 juin 1812

Chère Constance,

Je vais essayer de te raconter ce que je fais chaque jour, tout simplement, plutôt que de t'effrayer avec ce qui pourrait arriver. Nous avons passé l'avant-midi à désherber le potager, et l'après-midi, à coudre une courtepointe. J'aime bien choisir les pièces de tissu. Une pièce de basin rose vient d'une robe que je portais quand j'avais cinq ans! Je me rappelle comme j'étais fière de cette robe.

Dans l'après-midi, le cordonnier est passé chez nous. Il y a des mois qu'il n'est pas venu dans la région, et il a dû réparer plusieurs des chaussures de Hamilton et de papa. Demain, Caroline et James vont venir nous rendre visite. Ce sera un grand plaisir de revoir Caroline.

Chère Constance,

Je me demande si tu as une sœur. La mienne est très compliquée. Je ne parle pas de Maria. Elle m'exaspère souvent, mais nous nous aimons très fort, toutes les deux. Je parle de Caroline.

Quand Caroline habitait avec nous, elle était sérieuse mais gentille. Elle m'a appris à tricoter et elle s'intéressait à tout ce que je faisais. Maintenant, elle n'arrête pas de tout critiquer.

Caroline est très pieuse, mais pas de la même façon que Hamilton et maman. Tous les deux m'ont appris que Dieu est amour. Caroline croit qu'Il est vengeur et qu'Il punit ceux qui n'agissent pas conformément à Sa volonté. J'aime cent fois mieux le Dieu de Hamilton et de maman!

Mes problèmes ont commencé dès l'arrivée de Caroline et James, ce soir. Nous étions assis au salon, et je n'arrivais pas à détacher mes yeux du gros ventre de Caroline. La dernière fois que je l'avais vue, rien n'y paraissait. C'est tout un miracle, que Dieu ait mis un enfant dans son corps!

Quand je me suis étonnée de la voir devenue si grosse, elle s'est fâchée et elle a dit que les petites filles ne devraient pas dire des choses pareilles.

Papa, qui était rentré à la maison un jour plus tôt que d'habitude afin de voir Caroline, lui a dit de ne pas se montrer si dure. Il m'a fait signe de m'approcher et de venir m'asseoir sur ses genoux, ce que j'ai fait avec plaisir.

Caroline a répliqué qu'on devrait me gronder.

Comme personne ne l'a écoutée, elle m'a fait les gros yeux. Je lui ai rendu la pareille. Pourquoi a-t-elle tant changé?

21 juin 1812

Chère Constance,
Une bonne chrétienne ne doit pas détester sa sœur. Mais ce soir, je dois t'avouer que je déteste la mienne. Je vais te raconter cette triste histoire.

Ce matin, il y avait beaucoup de monde à l'église parce que le révérend Addison, de Niagara, était venu. Son sermon était excellent. Il a dit que nous devions avoir confiance en la bonté de Dieu, comme l'arbre planté près de la rivière, qui étend ses racines afin d'y puiser sa nourriture. En entendant ces mots, les craintes qui me glaçaient le cœur se sont envolées, et j'ai senti renaître l'espoir qui m'avait quittée depuis trop longtemps.

Nous avons chanté deux de mes cantiques préférés. Maria se tenait à côté de moi, et j'ai laissé sa voix pure couvrir la mienne. Abbie était assise derrière nous, et nous nous sommes souri à plusieurs reprises.

Papa et Hamilton, qui admirent beaucoup le révérend Addison, sont allés lui parler après l'office tandis qu'Abbie et moi, nous jouions à pourchasser Paul et Johnny dans le cimetière. Quand je suis remontée dans la voiture, j'étais très contente de mon avant-midi.

Mais Caroline a gâché mon bonheur. Sur le chemin du retour, elle n'arrêtait pas de critiquer. Selon elle, le sermon avait manqué d'ardeur et les gens avaient chanté trop fort. Hamilton, qui est encore très malheureux du départ de Catherine, n'était pas d'accord avec elle. Ils se sont disputés tellement fort que papa a été obligé de leur dire de se calmer.

Quand nous sommes arrivés à la maison, Caroline m'a prise à part et m'a dit que courir dans le cimetière n'était pas respectueux, et que j'aurais dû m'abstenir de regarder Abbie pendant l'office. Elle m'a accusée de ne pas avoir prêté attention au sermon. Quand je lui ai rétorqué que j'étais capable de le lui répéter en entier, elle a fait comme si elle n'avait pas entendu.

Caroline n'a pas cessé de me critiquer. Au dîner, mes manières à table étaient déplorables parce que j'ai pris, dans l'assiette de Hamilton, un morceau de porc qu'il ne voulait pas. De plus, selon elle, je n'étais pas assise assez droite sur ma chaise. Après le repas, elle a jeté un coup d'œil dans ma boîte à ouvrage qui était mal rangée semble-t-il. Puis elle a demandé à voir mon échantillon de broderie et elle a souligné que mon travail n'avait pas beaucoup avancé depuis sa dernière visite.

Maman a fait remarquer que Caroline ne se montrait pas juste envers moi, que j'ai trop de couture à faire pour avoir le temps de m'occuper de mon échantillon de broderie, sans compter que je ne fais pas beaucoup de couture quand je vais à l'école.

« Suzanne ne devrait pas aller à l'école, a dit Caroline. Une fille doit rester à la maison et aider sa mère. »

Je voyais bien que maman essayait de garder son calme, car elle a changé de sujet et a demandé à

Caroline ce qu'elle avait préparé pour le bébé. J'avais les joues en feu quand j'ai penché la tête sur mon échantillon de broderie. C'est vrai je n'y ai pas consacré beaucoup de temps, mais la partie que j'ai faite est bien faite et mes points sont droits et réguliers. J'ai terminé les chiffres et j'ai déjà brodé la moitié de l'alphabet. Ensuite, il ne me restera plus qu'à choisir une maxime en en-tête. Maman dit que je suis aussi bonne couturière qu'elle.

Après avoir brodé le N, j'ai demandé à maman si je pouvais lire. Elle a hoché la tête, et je suis allée chercher *Robinson Crusoé*.

« Qu'est-ce que c'est que ça, Suzanne? » m'a demandé sèchement Caroline.

Je lui ai montré mon livre.

Elle a dit que cette histoire n'était pas du tout convenable pour un dimanche et a demandé où se trouvait le livre qu'elle m'avait donné pour mon dernier anniversaire.

J'ai replacé *Robinson Crusoé* sur l'étagère en soupirant, puis j'ai pris le livre qu'elle m'avait offert en cadeau. C'est un livre affreux, où il n'est question que d'enfants qui vont en enfer parce qu'ils ont trop péché. Une histoire qui ne parle que du Dieu de Caroline.

Par la suite, les choses n'ont fait qu'empirer. J'étais tellement fâchée contre Caroline que je me suis mise à faire exprès d'être désagréable. J'ai honte de te dire ce que j'ai fait, mais, comme je tiens à être honnête avec toi, je dois te le raconter.

Qu'est-ce qui m'a incitée à agir comme je l'ai fait? Ce sont les regards sévères, remplis de suffisance, que me lançait ma sœur. Toute la gentillesse dont elle avait fait preuve auparavant avec moi avait disparu. Tandis qu'elle apprenait un nouveau point à Maria, je me suis glissée hors de la pièce et je suis allée chercher l'ombrelle toute neuve de Caroline. Elle est très belle, avec sa poignée en forme d'oiseau, et toute sa dentelle et ses rubans.

Je l'ai apportée dans la cuisine; heureusement, Tabitha n'y était pas. Comme nous n'avions plus de mélasse, j'ai enduit toutes les baleines de miel. Puis j'ai refermé l'ombrelle.

Je pensais que Catherine ne remarquerait pas ce que j'avais fait à son ombrelle jusqu'à ce qu'elle l'ouvre, le lendemain. Elle serait alors trop loin pour pouvoir me gronder. Mais, lorsqu'elle a pris son ombrelle au moment de partir, le miel s'est mis à couler. Elle a alors fait l'erreur de l'ouvrir un peu. Malgré mon désarroi, j'ai été très satisfaite en entendant le cri qu'elle a poussé.

J'ai dû avouer ma faute, bien sûr. Hamilton n'arrêtait pas de rire, et papa avait l'air de vouloir l'imiter. Maria, qui n'avait pas non plus aimé l'attitude de Caroline, m'a regardée, béate d'admiration.

J'ai cru que Caroline allait exploser de colère. « Elle mérite le fouet! a-t-elle crié en essuyant le miel de ses cheveux. Quelle enfant gâtée! Je ne permettrai pas que les miens se comportent de cette façon! »

Maman m'a ordonné de monter dans ma chambre, d'un ton posé qui m'a abattue.

Je me suis étendue sur mon lit, regrettant amèrement ce que j'avais fait. Est-ce que maman *allait* me fouetter? Je savais que je le méritais, mais elle ne l'avait jamais fait auparavant.

Je ne peux pas te répéter ce que maman m'a dit, quand elle est montée. J'ai trop honte! Elle ne m'a pas fouettée, mais elle m'a parlé longtemps et sérieusement du mal que j'avais fait. Puis je me suis agenouillée à ses pieds et j'ai demandé pardon à Dieu. Maman m'a embrassée et a dit qu'elle espérait que, demain, je me conduirais comme une bonne fille, comme à mon habitude.

Je l'espère, moi aussi. Mais je suis encore fâchée contre Caroline parce que, si elle n'avait pas été aussi dure avec moi, je n'aurais jamais agi de la sorte.

22 juin 1812

Chère Constance,

J'ai aidé Tabitha à la cuisine, toute la journée, dans l'espoir de prouver à maman que j'étais redevenue gentille. Tabitha n'est pas une grande cuisinière. Elle ne veut rien savoir des recettes du livre de cuisine que papa a offert à maman, l'année dernière. Toutefois, je l'ai convaincue d'essayer une recette de sabayon assez inusitée, puisqu'elle ne contient ni œufs ni sucre. Nous avons d'abord mis de la bière et du cidre dans un bol à punch, puis nous avons ajouté un peu de muscade râpée. Ensuite, j'ai emporté le bol à l'étable et j'ai demandé à Ben de traire la vache directement dedans. Nous avons laissé reposer le tout pendant une heure, puis nous l'avons parsemé de groseilles. Je bouillais d'impatience pendant le souper. Le moment de manger le sabayon est enfin venu, et nous l'avons tous trouvé délicieux. Maman m'a félicitée d'avoir encouragé Tabitha à se montrer plus audacieuse dans la cuisine.

23 juin 1812

Chère Constance,

J'essaie d'écrire calmement, mais c'est difficile. Je n'aime pas vieillir. Quand j'étais petite, je tombais endormie sur mon tabouret, près du feu, tandis que maman et papa se racontaient des souvenirs. Ou bien, je n'entendais qu'une partie de ce qu'ils disaient. Maintenant, je reste bien réveillée, et ce que j'entends est de plus en plus inquiétant.

Papa était venu passer la journée à la maison afin de nous faire part d'une lettre qu'il a reçue du Nouveau-Brunswick. C'est la première fois depuis plus d'un an qu'il a des nouvelles de son père. Il semble que la famille du Nouveau-Brunswick va bien et que les affaires sont prospères.

Notre grand-mère est morte il y a plusieurs années. Hamilton a rencontré notre grand-père, mais moi, je ne le verrai probablement jamais. Nos parents du Nouveau-Brunswick demandent à papa et maman de transmettre toute leur affection à la parenté qu'ils n'ont pas vue depuis si longtemps.

Puis mes parents ont eu une prise de bec. D'abord, papa s'est mis à parler de ses frères et plus particulièrement de Shubaël. Il a raconté encore une fois comment Shubaël s'était fait tuer par les rebelles. « S'il y a la guerre, je me battrai sans aucun regret contre ce pays », a-t-il dit.

Maman s'est offusquée : « Thomas, tu oublies que

j'ai encore de la famille aux États-Unis!» a-t-elle rétorqué.

« Et toi, tu oublies que Richard s'est fait tuer par ces mêmes rebelles qui ont abattu Shubaël», a repris papa.

« Comment peux-tu dire une chose pareille? C'était une autre époque! Nous devons oublier toutes ces histoires de tueries et de vengeances! Je ne veux plus jamais, au grand jamais, avoir à revivre cela!» Puis elle s'est mise à pleurer.

Papa lui a tapoté le bras, mais il l'a fait pleurer encore plus fort quand il a dit : « Je suis désolée, ma Polly, mais nous y serons probablement *obligés*. »

Personne ne m'a vue me glisser hors de la pièce et monter dans ma chambre afin de tout te raconter. Je ne *supporte* pas de les entendre parler de guerre : certainement pas de la précédente, mais encore moins de celle qui risque d'arriver. Je suis aussi très choquée d'avoir entendu maman et papa se disputer. Cela ne leur était jamais arrivé.

Je vais éteindre la bougie et me mettre au lit.

24 juin 1812

Chère Constance,

J'ai le cœur en mille morceaux. Une mouffette a réussi à entrer dans le poulailler et elle a mangé ma poule préférée, la petite blanche que j'appelais Flocon-de-neige. C'était toujours elle qui accourait la première quand j'arrivais avec la moulée. Ce matin, il ne restait d'elle que la tête et les griffes. J'ai tout de suite su que c'était une mouffette, à cause de la puanteur. Hamilton a réparé le trou par lequel elle s'était faufilée et a essayé de me consoler, mais je n'arrête pas de pleurer. Comment une si mignonne petite bête peut disparaître comme cela, du jour au lendemain?

25 juin 1812

Chère Constance,

Aujourd'hui, il a fait très chaud. Maman, Maria et moi sommes allées pique-niquer au bord du ruisseau. Elles ont marché au bord de l'eau, mais moi, je me suis baignée. Maria n'a fait que se tremper les pieds dans l'eau. Elle dit que nager n'était pas convenable pour une jeune fille. Avant, elle aimait cela autant que moi. Elle m'énerve, avec ses grands airs! J'espère qu'elle ne changera pas autant que Caroline.

Maman m'a séché les cheveux, et je me suis appuyée contre elle. Pour la première fois depuis plusieurs jours, je me suis sentie en paix.

26 juin 1812

Chère Constance,

Il fait encore extrêmement chaud. L'air est lourd et humide; nous nous sentons oppressés. Mme Seabrook trouve cette température difficile à supporter dans son état, et elle doit rester au lit. Abbie est donc obligée de préparer tous les repas, si bien que je la vois rarement.

Chère Constance,

Un orage a enfin allégé l'atmosphère. Le tonnerre grondait de plus en plus fort, et la pluie s'est mise à tomber drue, cet après-midi. J'étais si contente de voir enfin la pluie arriver que je me suis précipitée dehors et que j'ai dansé, le visage tourné vers cette fraîcheur qui tombait du ciel. Tabitha m'a vite ramenée à l'intérieur, de peur que la foudre ne me frappe. Je suis montée dans ma chambre afin d'enfiler des vêtements secs et je me suis moquée de Maria qui était cachée sous les couvertures. Elle a toujours eu peur des orages, alors que moi, je trouve cela très excitant.

L'orage s'est transformé en une pluie fine. Maman et Hamilton sont allés rendre visite aux Pauling, tandis que Maria, Tabitha et moi nous sommes assises au coin du feu, dans la cuisine. Tabitha nous a raconté des histoires de fantômes de son pays natal, avec des gobelins, des sorcières et des chiens noirs. Maria et moi nous serrions l'une contre l'autre en l'écoutant, mais dès qu'elle en terminait une, nous en réclamions une autre. La dernière qu'elle nous a racontée parlait de la lune qui s'était enfoncée dans un marais. Tabitha a la voix grave et convaincante, et je pouvais presque voir les morts-vivants sortir de l'eau, avec leurs visages blafards et leurs orbites vides. Le sentiment de peur qui me tenaille ces jours-ci est devenu encore plus intense. L'histoire se termine bien, car les forces du bien finissent par l'emporter sur les forces du mal. Mais je n'arrivais plus à calmer mon inquiétude.

De grâce, mon Dieu, faites que cela n'arrive pas!

Chère Constance,

Dieu ne m'a pas entendue, car voilà que c'est arrivé. Nous sommes en guerre. J'ai tellement peur que j'ai du mal à tenir ma plume, mais peut-être que j'arriverai à me consoler un peu si je te raconte tout.

Nous étions tous endormis quand on a frappé très fort à notre porte. Dehors, Jack aboyait à tue-tête. Maria et moi nous sommes redressées en même temps dans notre lit. Nous avons entendu Hamilton qui descendait l'escalier.

Je suis allée à la fenêtre et je l'ai ouverte. Notre voisin, M. Culp, se tenait à la porte. Après que Hamilton l'a fait entrer, je ne pouvais pas entendre ce qu'ils disaient. À peu près une demi-heure plus tard, M. Culp est reparti au galop. Je voulais descendre et demander à Hamilton ce qui se passait, mais Maria m'en a empêchée.

Quand il nous l'a dit, ce matin, maman s'est mise à pleurer. « Pas une autre guerre! répétait-elle sans cesse. Oh! mon pauvre garçon. Que va-t-il vous arriver, à toi et à ton père? Je *ne peux pas* supporter cela! » Elle était tellement atterrée qu'elle est retournée se coucher et est restée au lit presque toute la journée. De temps à autre, je lui apportais du thé et de quoi manger, dans l'espoir de la tenter, mais elle refusait tout le temps.

Je n'arrivais pas à la réconforter. D'ailleurs, elle se rendait à peine compte que j'étais là. L'air absent, elle pleurait doucement en murmurant le nom de Richard. De la voir ainsi me faisait encore plus peur que d'apprendre que la guerre était déclarée.

Hamilton nous a répété, à Maria, Tabitha et moi, tout ce que M. Culp lui avait dit. À ce qu'il paraît, les officiers du fort George recevaient les officiers du fort Niagara quand ils ont appris que leurs deux pays étaient en guerre. Les officiers américains sont restés jusqu'à la fin du dîner, puis ils ont retraversé la rivière. Des amis sont devenus, en quelques instants, des ennemis. Comme c'est étrange!

Même si aujourd'hui, c'est dimanche, papa n'est pas rentré à la maison. Je me demande s'il assistait à ce dîner. Le général Brock, qui se trouvait à York, arrivera aujourd'hui au fort George.

J'ai demandé à Hamilton ce qu'il allait faire. Il a répondu qu'il ne le savait pas, mais qu'il l'apprendrait bien assez tôt. Quelques heures plus tard, un cavalier s'est présenté à notre porte, avec un message de la part de papa. Hamilton doit rassembler les hommes du voisinage et les mener jusqu'au fort George le plus rapidement possible. Il a enfilé son uniforme, puis il est monté à cheval et s'est rendu à l'auberge, où les compagnies de la milice se rassemblaient.

Puis j'ai dû consoler Maria et Tabitha, car Charles et Samuel vont aller se battre, eux aussi. Nous n'avions pas vraiment le temps de pleurer, car nous devions vite préparer les bagages de Hamilton : des chemises de flanelle, des couvertures et des médicaments. J'ai ajouté un peu de ses fruits confits préférés.

Ensuite, nous n'avons revu Hamilton que très brièvement, quand il est repassé pour nous dire au revoir. Il est d'abord monté voir maman. Quand il est redescendu, il était énervé en nous racontant que tous les hommes l'attendaient afin qu'il les conduise au fort George.

Je lui ai demandé si M. Seabrook en était. « Oui, il est là, a dit Hamilton. Mais je n'ai jamais vu un type si peu enthousiaste à l'idée d'aller se battre. Plusieurs autres partagent ses réticences. Ce ne sera pas facile de les motiver. »

Moi, j'étais troublée en voyant mon frère si pressé d'aller se battre, lui qui avait été si triste depuis le départ de Catherine. Je lui ai rappelé qu'il n'y avait pas si longtemps, il ne souhaitait pas la guerre.

« Je ne veux pas qu'il y ait une guerre, m'a-t-il répondu. Mais si nous n'avons pas le choix, je suis heureux de faire mon devoir. Et puis c'est quelque chose de nouveau, et tout ce qui est nouveau est intéressant. »

Mon frère ne me ressemble pas beaucoup!

Hamilton a embrassé Maria, puis moi. Il m'a demandé d'être courageuse, d'aider maman et de prier pour papa et lui. « Écris dans ton journal tous les jours, m'a-t-il conseillé. Cela t'aidera à rester sereine. » En retenant mes larmes, je lui ai promis de le faire.

Tabitha faisait beaucoup de bruit avec la vaisselle, dans son coin. Hamilton lui a serré la main et lui a dit qu'il veillerait sur Samuel, qui est dans son unité.

En le regardant s'éloigner au galop, je me suis mise à pleurer. « Comment Hamilton peut-il vouloir faire la guerre ? me suis-je écriée. Il pourrait se faire tuer! » Puis je me suis effondrée sur une chaise.

Maria m'a serrée dans ses bras, tout en essuyant ses propres larmes. Elle a dit que les hommes ne pensaient pas de la même manière que les femmes. Tabitha était d'accord. « Pour eux, c'est un jeu, a-t-elle marmonné. Les hommes se battent, et les femmes souffrent. » Elle s'est mise à pleurer, elle aussi, en se rappelant son père et son frère.

Toutefois, au bout de quelques minutes, elle s'est relevée. « Ça suffit, a-t-elle dit. Pleurer ne sert à rien. » Elle a fait du thé pour tout le monde, et je me suis sentie un peu plus calme.

Puis Maria et moi sommes montées à l'étage, afin d'aller réconforter maman. À mon grand soulagement, elle était debout et était dans son état normal. Nous nous sommes agenouillées et, dans nos prières, nous avons demandé que cette guerre soit courte et que les hommes de notre famille – papa, Hamilton et James – en ressortent sains et saufs. Je sais que Maria disait tout bas une prière pour Charles, et moi, j'en ai fait une pour Samuel.

Maman a dit que nous allions devoir faire le travail des hommes en plus du nôtre puisque Ben, notre engagé, était parti se battre, lui aussi. Tabitha va traire les vaches, et Maria va aider davantage à la cuisine. Je vais nourrir les cochons et amener les vaches au pâturage, puis les ramener à l'étable. Maman s'inquiète des récoltes, mais elle a dit que la guerre serait peut-être terminée à ce moment-là. Oh! si cela pouvait être vrai, Constance!

Je suis étonnée de voir que maman a recouvré ses forces si rapidement. J'aimerais avoir autant de courage qu'elle. Elle dit que tout ce que nous pouvons faire, c'est essayer d'endurer tout cela. Mais je pense que je n'en suis pas capable. On dirait que les créatures maléfiques des histoires de Tabitha sont soudain devenues réelles.

Maria pleure doucement, la tête enfouie dans son oreiller. Quand vais-je revoir papa et Hamilton? Est-ce que notre vie va reprendre son cours normal, un jour?

29 juin 1812

Chère Constance,

Aujourd'hui, nous étions encore abasourdies par le choc. Nous avons accompli nos tâches sans dire un mot tout en nous demandant ce que faisaient nos hommes. Sont-ils déjà en train de se battre? L'ennemi viendra-t-il jusqu'à nos portes? Et si oui, comment allons-nous faire pour nous défendre? Nous n'avons que le fusil qui est suspendu au-dessus du foyer de la cuisine, et aucune de nous ne sait s'en servir.

30 juin 1812

Chère Constance,

Hier soir, j'ai fait le plus horrible cauchemar de toute ma vie et je me suis réveillée en hurlant. Napoléon y était, ainsi que des loups et des fantômes. Oncle Richard gisait au milieu d'un champ, oncle Shubaël avait une plaie ouverte et la pauvre Flocon-de-neige était toute mutilée. Maria m'a caressé les cheveux et m'a consolée. J'étais contente d'avoir quelqu'un sur qui m'appuyer. En ce moment, après le déjeuner, je me sens encore si ébranlée que je me demande comment j'arriverai à finir cette journée.

Chère Constance,

J'ai un peu moins peur, car il ne se passe rien. Il est difficile de croire qu'il y a vraiment une guerre, si ce n'était du fait que Hamilton et papa nous manquent énormément.

Une des chattes vient d'avoir six chatons. Ils sont blottis dans la paille, et leurs petits miaulements me soulagent un peu de ma peine. Hamilton les aurait noyés, car nous avons déjà trop de chats dans la grange, mais comme il n'est pas là, ils ont droit à un sursis, et je peux les regarder grandir.

2 juillet 1812
Tard le soir

Chère Constance,

Les cerises sont mûres, et j'en ai tellement mangé que j'ai été obligée de sortir en pleine nuit afin d'aller aux toilettes. L'air était doux et frais. Je ne crois pas Maria, qui dit que l'air de la nuit est malsain. Je voudrais tellement qu'elle me laisse ouvrir la fenêtre. Il fait chaud dans notre chambre, et cela sent le renfermé.

Un hibou hululait, et les étoiles brillaient dans le ciel, comme des millions de lointaines bougies. L'immensité du ciel étoilé m'apaise, de la même manière que les chutes l'avaient fait. Dieu, qui a fait tant de merveilles, va sûrement nous protéger.

3 juillet 1812

Chère Constance,

Quand les chatons dorment, ils forment une seule grosse boule de poils. Je les ai pris un par un, délicatement, et je les ai examinés. Ils ressemblent à des souris, avec leurs yeux fermés et leurs petites oreilles aplaties. Je les ai appelés Moustache, Rigolo, Robinson, Georges (en l'honneur du roi), Noiraud et Souricette. Souricette est ma préférée. Elle a le poil gris comme une souris. Nous avons toujours appelé leur mère La Tigrée, mais je l'ai rebaptisée Patience, car c'est une mère très patiente. Je les ai tous installés dans une boîte tapissée de paille afin que les autres chats ne viennent pas les embêter. Jack, qui est très curieux, les a reniflés, mais il ne leur a fait aucun mal.

4 juillet 1812

Chère Constance,

Il est de plus en plus difficile de croire que nous sommes en guerre. Comme les hommes ne sont plus là, tout est très tranquille. J'ai le droit de m'éloigner de la maison seulement quand j'emmène les vaches au pâturage. Je n'ai donc pas vu Abbie depuis que la guerre a été déclarée. Maman a peur que nous soyons victimes de pillage, comme cela lui est arrivé en Caroline du Sud. Mais personne ne vient jusqu'ici.

Je vais te raconter comment se passent mes journées, maintenant. Le matin, après m'être levée, je vais aider Tabitha à traire les vaches. Au début, mes doigts n'étaient pas assez forts pour faire gicler le lait, mais je suis en train de devenir experte. J'aime entendre le son que fait le lait en tombant dans le seau, mais j'ai beaucoup de difficulté à transporter le seau plein jusqu'à la maison. Tabitha doit m'aider. Mais avant, je donne toujours un peu de lait à Patience.

Puis je monte Sukie et j'emmène les vaches paître. Ce n'est pas facile de les faire aller toutes dans la bonne direction. Je dois utiliser une longue baguette, mais Jack m'aide beaucoup. Le reste de la journée, j'aide au ménage et à la cuisine. Il y a tant de choses à faire que le seul moment où je peux voir les chatons, c'est quand j'apporte les restes de table aux cochons.

Le soir, nous nous assoyons toutes au salon. Tabitha se joint à nous, ce qu'elle ne faisait jamais quand Hamilton et papa étaient ici. Nous faisons de la couture ou du tricot tandis que maman nous fait la lecture. En ce moment, elle nous lit *Le voyage du pèlerin* de John Bunyan. C'est absolument captivant. Il fait clair le soir, et j'aimerais bien aller dehors, mais maman ne me le permet pas. Nous terminons toutes nos soirées en chantant une chanson ou un cantique. Maman nous fait dire nos prières, puis nous montons toutes nous coucher.

Elle dit que c'est important de garder sa bonne humeur, et je fais de mon mieux. C'est plus facile le jour quand je suis occupée que le soir. Lorsque je suis seule, je ne peux m'empêcher de penser à Hamilton et à papa.

5 juillet 1812

Chère Constance,

Nous avons eu des nouvelles de papa! Un soldat de son régiment nous a apporté une lettre. Elle était beaucoup trop courte. Papa y écrit seulement que Hamilton et lui vont bien et que, jusqu'ici, ils n'ont pas participé aux combats. Il nous envoie son amour et dit qu'il va essayer d'écrire une fois toutes les deux semaines. Il nous dit de ne pas lui répondre, à moins d'une extrême urgence, car il serait difficile de les retrouver, Hamilton et lui.

« Ton père n'a jamais aimé écrire de longues lettres, a dit maman, d'un ton affectueux. Au moins, nous savons maintenant qu'ils sont sains et saufs. C'est tout ce qui compte. » Elle parlait d'un ton ferme, mais sa main tremblait tandis qu'elle caressait la feuille de papier.

Cette lettre soulève tant de questions que j'aurais presque préféré ne pas la recevoir du tout. Si papa et Hamilton sont difficiles à retrouver, est-ce parce qu'ils ne sont plus au fort George? S'ils ne se battent pas, que font-ils alors? Papa nous dit-il la vérité, quand il dit qu'ils sont indemnes, ou est-ce seulement pour nous rassurer?

J'ai couru jusqu'à la grange afin de me consoler avec les chatons. Ils passent encore tout leur temps à téter et à dormir. Robinson est le plus glouton et il pousse toujours les autres pour s'emparer de leur tétine. Patience fait patiemment leur toilette avec sa langue, chacun son tour. J'ai hâte qu'ils ouvrent les yeux et qu'ils se mettent à jouer.

Je suis restée assise dans la grange pendant une heure, à les observer. Il y fait chaud et sombre, et c'est calme.

Chère Constance,

Aujourd'hui, Tabitha m'a avoué que Samuel lui manquait beaucoup. Je lui ai rappelé ce qu'elle avait dit : qu'il n'était pas très intelligent et qu'elle pouvait trouver mieux. Elle m'a répondu qu'elle n'avait jamais dit cela, qu'il était gentil et tout à fait respectable et que je ne devrais pas l'insulter ainsi.

Je suppose que la guerre lui a fait comprendre à quel point elle l'aimait. Est-ce que ça veut dire qu'elle va nous quitter et se marier quand la guerre sera finie? Je veux que cela cesse, bien sûr, mais je ne supporte pas l'idée de perdre Tabitha.

Chère Constance,

Les moustiques sont si voraces que j'ai dû me voiler le visage tandis que je cueillais des cerises. J'en ai rempli tout un bol, et Tabitha en a fait une délicieuse tarte. Nous avons de la chance d'avoir assez à manger. Il y a du lard salé et de la viande séchée en quantité. Nous avons des œufs et du lait, et notre potager et notre verger produisent bien.

Je me demande comment se débrouille la famille d'Abbie, en l'absence de M. Seabrook. J'ai demandé à maman si je pouvais leur apporter des cerises, mais elle a peur de me laisser y aller. Ils ont une vache et un potager, alors au moins, ils ne souffrent pas de la faim.

8 juillet 1812

Chère Constance,

Les chatons commencent à ouvrir les yeux. Ils marchent dans la paille en titubant et s'amusent à se battre. Robinson est toujours le plus fort, mais Souricette est la plus grosse des chatonnes. Je la cajole jusqu'à ce qu'elle appelle sa mère.

Je n'arrive pas à m'empêcher de penser à tout ce qui pourrait arriver de terrible à Hamilton et à papa.

9 juillet 1812

Chère Constance,

Hier soir, j'ai à peine dormi à cause des moustiques. Ils arrivent à entrer dans la chambre, même si la fenêtre est fermée. Maria s'est fâchée parce qu'en essayant de faire une tente avec le drap, je l'ai exposée aux moustiques. Mais ils n'ont pas l'air de s'occuper d'elle. Moi, je suis couverte de piqûres qui me démangent.

10 juillet 1812

Chère Constance,

Comme maintenant nous sommes entre femmes, nous discutons souvent de sujets qui ne seraient pas convenables si nos hommes étaient là. Ce soir, maman m'a vraiment étonnée quand elle a dit qu'avant d'avoir Caroline, elle avait perdu deux bébés. Elles s'appelaient Amy et Phoebe, et toutes deux sont mortes à la naissance.

Amy et Phoebe... deux petites sœurs que je ne connaîtrai jamais.

Après la naissance de Phoebe, maman a failli mourir, elle aussi. Accoucher peut être dangereux, c'est sûr. L'année dernière, un de nos voisins, M. Metler, a perdu sa femme et deux jumeaux. Maman s'inquiète au sujet de Caroline, qui est toute seule à Burlington. Elle voudrait l'emmener ici, mais nous n'avons aucun moyen de la faire venir en toute sécurité.

11 juillet 1812

Chère Constance,

Par moments, j'en ai assez d'écrire tous les soirs, car il n'y a pas grand-chose d'intéressant à raconter. Sauf que maintenant tous les chatons ont les yeux complètement ouverts. Parfois, j'aurais envie de laisser tomber ce journal, mais je vais m'efforcer de continuer, car je ne veux pas décevoir Hamilton.

12 juillet 1812

Chère Constance,

Il n'y a pas eu d'office à l'église depuis le début de la guerre, alors, comme d'habitude, maman nous a lu les textes. Elle le fait mieux que papa, qui lisait trop vite. Comme le son de sa voix me manque! Et la voix forte de Hamilton, quand il donnait les répliques! Je suis fatiguée de voir toujours les trois mêmes visages, jour après jour, même s'ils me sont très chers. Mon univers s'est tellement rétréci que, par moments, j'ai l'impression d'avoir du mal à respirer.

13 juillet 1812

Chère Constance,

Tabitha nous a toujours parlé très ouvertement, à Maria et moi, mais depuis que nous nous assoyons toutes ensemble chaque soir, elle se sent de plus en plus à l'aise avec maman. Ce soir, elle nous a parlé d'une sorte de divination qu'elle avait l'habitude de faire en Angleterre. Par la suite, Maria a supplié maman de nous laisser essayer. À ma grande surprise, et à celle de Maria aussi, maman a accepté.

Tabitha est allée chercher la grosse clé de la maison et elle l'a posée dans la Bible ouverte, sur la septième strophe de la dernière partie du Cantique des cantiques. Elle a demandé à Maria d'enlever sa jarretière droite et d'en entourer la Bible, une fois celle-ci refermée sur la clé dont l'anneau dépassait des pages. Puis Maria et elle ont suspendu la Bible dans les airs, après avoir glissé chacune un majeur dans la boucle de l'anneau.

« Nous allons commencer par Maria, a dit Tabitha. A. » Elles ont récité ensemble le début de la strophe : Les grandes eaux ne peuvent éteindre l'amour, et les fleuves ne le submergeraient pas...

Puis Tabitha a dit « B », et elles ont répété leur récitation. À « C », la clé a tourné! Tabitha a attrapé la Bible avant qu'elle tombe par terre.

« C! a crié Maria, tout excitée. Je vais épouser un homme dont le nom commence par C! » Elle a fait le tour de la pièce en dansant. Je l'ai accusée d'avoir fait tourner la clé elle-même, et elle a protesté.

Puis nous avons essayé avec Tabitha. Après quelque temps, j'en avais assez de les entendre répéter toujours la même strophe. À « S », nous avons toutes attendu que la clé se mette à tourner. Mais non! Elles ont poursuivi jusqu'à la fin de l'alphabet, et la clé n'a pas tourné.

Selon Tabitha, cela signifie qu'elle n'a pas encore pris sa décision. J'étais encore incrédule, alors elles ont insisté pour que j'essaie. Tabitha et moi, nous avons tenu la Bible en équilibre sur nos doigts. La Bible était très lourde.

À mon grand désarroi, la clé a tourné quand nous sommes arrivées à « E »!

« Qui connais-tu dont le nom commence par E »? m'a demandé Maria.

« Élias Adams », lui a rappelé maman en souriant.

J'ai protesté énergiquement tandis qu'elles se moquaient de moi. Je leur ai dit que je ne me marierais jamais.

Puis maman a essayé. Encore une fois, la clé n'a pas tourné. Maman a ri en disant que c'était parce qu'elle était déjà mariée. C'était bon de la voir rire. Il y avait très longtemps que nous n'avions pas eu le cœur aussi léger.

Puis, tout à coup, je me suis rappelé quelqu'un d'autre dont le nom commençait par « E ». Ellis! Je l'avais complètement oublié!

Je ne crois pas une seconde que je vais épouser Ellis. Le truc de la clé dans la Bible n'est qu'un jeu, et c'était une pure coïncidence que ce soit tombé sur C pour Maria et sur E pour moi.

Mais, pendant tout le reste de la soirée, j'ai pensé à Ellis. Habite-t-il encore à l'Hôtel du gouvernement? Je me rappelle avoir remarqué que le fort Niagara était très près de l'autre côté de la rivière. Ellis est-il en sécurité?

Comme j'aimerais que nous recevions des nouvelles!

15 juillet 1812

Chère Constance,

Aujourd'hui, nous avons eu un visiteur! Le vieux John Ball, le colporteur, a frappé à notre porte. Nous étions tellement contentes de le voir que nous lui avons offert du thé et que nous l'avons fait longuement parler. Nous étions surprises d'apprendre qu'il faisait encore ses tournées, mais il a dit qu'il n'avait ni vu ni entendu parler de batailles dans la péninsule du Niagara. Maman était très soulagée de l'apprendre.

M. Ball nous a appris qu'il y a trois jours, le général Hull (c'est le général américain) a traversé la rivière Détroit et a pris possession de Sandwich sans qu'une seule goutte de sang soit versée. J'ai demandé si Hamilton et papa auraient pu se trouver à cet endroit, mais maman m'a répondu que Sandwich était loin d'ici et que leur régiment n'était sûrement pas là.

Nous allions oublier la raison pour laquelle le colporteur était venu chez nous, quand il nous a demandé si nous voulions voir sa marchandise. Maman a acheté des rubans, du tissu à carreaux pour les tabliers, des chaussettes blanches en coton et un peigne

93

pour chacune de nous.

Elle m'a dit que, maintenant que j'avais presque 12 ans, j'avais la permission de faire pousser mes cheveux. Je préfère les cheveux courts, mais, si je suis censée les relever comme Maria le fait, il va falloir que je les laisse pousser. Si seulement le reste de ma personne pouvait se mettre à pousser aussi!

Je suis encore couverte de piqûres de moustiques. Maman a demandé à John Ball s'il avait de l'onguent, mais il n'en avait pas. Tabitha a tenté de soulager les démangeaisons en mettant une pâte à base de farine sur mes piqûres, mais ça me démange encore.

J'aurais aimé que le colporteur ait davantage de nouvelles. « Pas de nouvelles, bonnes nouvelles », a dit Tabitha, mais comment peut-elle en être sûre? Et s'il n'y a pas de combats dans notre voisinage, pourquoi Hamilton et papa ne peuvent-ils pas venir nous voir?

16 juillet 1812

Chère Constance,

Ce soir, après avoir rentré les vaches, j'ai emmené Souricette dans la cuisine. Tabitha et moi nous sommes amusées à la regarder jouer près du foyer, où elle essayait d'attaquer une coccinelle. Puis elle s'est mise à miauler pour réclamer Patience, et j'ai dû la ramener à la grange.

17 juillet 1812

Chère Constance,

Maman nous enseigne un duo au piano-forte, à Maria et moi. Nous ne jouons pas très bien, et maman soupire en entendant le résultat. Nous voulons tellement lui faire plaisir que nous ne nous blâmons pas, l'une et l'autre, quand nous produisons de fausses notes.

18 juillet 1812

Chère Constance,

Nous avons reçu une autre courte lettre de papa, et elle soulève bien des questions, elle aussi. Maman dit qu'il est normal, en temps de guerre, que papa n'ait pas le droit de nous révéler ce que fait son régiment. Ces paroles n'ont rien de réconfortantes.

J'aimerais pouvoir écrire à Hamilton et lui parler des chatons. Ils s'amusent comme des fous, puis s'arrêtent tous en même temps pour aller téter et, ensuite, ils tombent de sommeil. Jack est allé mettre son nez dans la boîte, et Georges lui a donné un coup de patte! Je crois que Souricette me reconnaît : quand je l'ai appelée, elle est venue vers moi de sa démarche chancelante.

Les blés sont presque mûrs. Dans les champs, ils ondulent sous la caresse du vent, formant de grandes vagues blondes. Maman est très préoccupée par la récolte. Comment allons-nous faire pour moissonner toutes seules?

19 juillet 1812

Chère Constance,

Aujourd'hui, pour faire changement, la journée a été intéressante. Comme mes piqûres me démangent continuellement, maman nous a laissées, Tabitha et moi, aller à cheval jusqu'à The Twelve afin de nous procurer, auprès d'une Indienne qui y habite, un remède tiré de la racine d'une plante sauvage. Elle a été rassurée par le rapport de John Ball, selon lequel il n'y avait pas de combats par là. Nous lui avons promis de ne pas aller plus loin que l'auberge et de revenir au plus tard dans deux heures.

Comme c'était agréable de pouvoir enfin partir en promenade! Il faisait très chaud, mais c'était plus frais dans la forêt. Tabitha montait Bess, la vieille jument de Hamilton. Elle est tellement grosse et Sukie est tellement têtue que nous ne pouvions pas aller bien vite. Lorsque nous sommes passées devant la ferme d'Abbie, j'ai regardé de ce côté avec l'envie d'y aller, mais nous n'avions pas le temps de nous arrêter. Toutefois, à ma grande surprise, j'ai aperçu M. Seabrook en train d'arracher une souche. Il était trop loin pour nous voir. Pourquoi est-il ici, au lieu de se battre comme papa et Hamilton?

Nous sommes arrivées à l'auberge et nous avons demandé à voir Mme Smith, dont le mari travaille là. Je lui ai demandé des racines pour mes piqûres. Elle a regardé ma peau rouge et boursouflée, puis a secoué la tête en signe de compassion. Elle est vite allée me chercher un paquet de racines et elle nous a dit que maman devait les faire bouillir, puis les réduire en purée et en enduire mes piqûres. En échange, je lui ai donné un bout de ruban. Elle était très contente.

D'habitude, il y a plein d'hommes qui entrent et sortent de l'auberge mais, aujourd'hui, c'était désert. Sur le chemin du retour, nous avons croisé une troupe de soldats à cheval. Le capitaine nous a saluées. Ce n'était pas le régiment de papa, et je n'ai reconnu personne. Je me demande d'où ils viennent et où ils s'en vont. En les voyant, j'ai frissonné : ils nous rappellent qu'il y a bel et bien la guerre.

Ce soir, maman m'a enduit la peau de la pâte de racines, et mes piqûres ne me démangent plus autant.

20 juillet 1812

Chère Constance,

Quand j'ai dit à maman que M. Seabrook était chez lui, elle a été très surprise. Maria, elle et moi sommes montées dans la voiture et nous sommes rendues jusqu'à sa ferme afin de lui demander s'il ne pourrait pas nous aider à moissonner le blé. Maria était aussi contente du changement dans la routine que je l'étais hier.

Nous leur avons apporté un panier de cerises, du pain, un pichet de sirop d'érable et un peu de notre précieux lard salé. J'étais tellement heureuse de revoir Abbie! Nous nous sommes parlé à voix basse dans un coin tandis que les grandes personnes bavardaient.

Maman n'avait pas rendu visite aux Seabrook depuis que papa lui avait dit qu'il les désapprouvait. Je me demande ce qu'il penserait de notre visite d'aujourd'hui. Mme Seabrook était ravie de nous voir.

Elle était très reconnaissante pour la nourriture, car leur alimentation est des plus monotones. Comme les ratons laveurs ont mangé une bonne partie de leurs légumes, ils se contentent, depuis des semaines, de navets et de gibier, et n'ont rien de sucré à se mettre sous la dent.

On voit bien que Mme Seabrook est enceinte maintenant, mais elle se sent mieux qu'avant. Maman lui a raconté qu'elle s'inquiétait beaucoup au sujet de Caroline. Les petits ont grimpé sur Maria, qui s'est mise à les pourchasser et à les chatouiller. Nous avions beaucoup de plaisir. Puis M. Seabrook est arrivé.

Il a salué maman, mais il n'avait pas l'air content d'avoir des visiteurs. Après que sa femme lui a montré ce que nous avions apporté, il s'est montré plus accueillant. Timidement, maman lui a demandé comment il avait fait pour se retrouver ici. Il a dit que certains miliciens avaient obtenu la permission de rentrer chez eux pour s'occuper de leur ferme. « Et c'est une bonne chose, a-t-il ajouté avec colère. Il ne se passe rien, dans cette guerre absurde. »

Nous étions soulagées d'entendre cela et nous l'avons pressé de nous donner des nouvelles. Il paraît que le général Hull avait envoyé une proclamation, à Sandwich, disant que tous les Américains de naissance se trouvant dans le Haut-Canada pourraient trouver refuge aux États-Unis. « Beaucoup ont saisi cette occasion pour retourner dans leur ancienne patrie, a dit M. Seabrook. Je ne les blâme pas », a-t-il ajouté, d'un air de défi.

Maman lui a demandé s'il avait des nouvelles de

papa et Hamilton. Il a répondu qu'il avait aperçu papa de loin, au fort George. Ceux qui sont là s'ennuient; c'est pourquoi certains ont obtenu la permission de rentrer chez eux. Le bruit court que le général Brock veut passer à l'offensive et attaquer directement l'ennemi, mais qu'il a reçu l'ordre d'attendre. « Voilà ce que votre mari et votre fils font : ils attendent que quelque chose se passe », a dit M. Seabrook à maman.

« Prions pour que cela n'arrive pas », a répliqué maman d'un ton grave.

« Mais où est Hamilton? ai-je demandé. L'avez-vous vu, lui aussi? » Il a secoué la tête et m'a assuré qu'il devait être au fort George, avec le reste du régiment de papa.

Maman a demandé à M. Seabrook s'il pouvait nous aider à moissonner notre blé. Il a dit que demain, il aurait terminé sa petite récolte et qu'il viendrait ensuite chez nous.

Je ne voulais pas quitter Abbie, mais la guerre étant, pour le moment, au point mort, nos deux mères ont dit que nous pourrions nous revoir.

21 juillet 1812

Chère Constance,

Je ne veux pas que Souricette devienne un chat sauvage, car je ne la verrais plus jamais. J'ai demandé à maman si elle pouvait vivre dans la maison, une fois qu'elle serait sevrée. « Hamilton ne serait pas d'accord », a-t-elle d'abord dit. Puis, en souriant, elle a ajouté : « Mais comme il n'est pas là, je t'en donne la permission. » Je me suis précipitée vers la grange pour l'annoncer à Souricette.

La visite chez les Seabrook nous a remonté le moral. Maman a l'espoir qu'au moins une partie du blé sera moissonnée. J'ai hâte qu'Abbie vienne ici et fasse la connaissance de Souricette. Et nous sommes toutes rassurées de savoir qu'il ne se passe rien, dans cette guerre. Peut-être qu'elle se terminera et que tout redeviendra comme avant.

Mon seul regret, c'est que Hamilton et papa n'ont pas obtenu de permission, comme M. Seabrook. J'aimerais tellement entendre Hamilton me taquiner à propos de Souricette!

23 juillet 1812

Chère Constance,

Je suis tellement épuisée que je peux à peine soulever cette plume. Cela fait deux jours que nous travaillons à sauver notre blé. Toute une affaire!

Nous avons revêtu de vieux habits de Hamilton. J'en ai trouvé qu'il portait quand il était petit. Je n'avais jamais porté de pantalon de ma vie. C'était très étrange : j'avais l'impression de porter une culotte bouffante, sans jupon pour la recouvrir! Chaque matin, nous nous sommes mis au travail à six heures.

M. Seabrook a fauché les blés. Il est très fort et il les coupait par grosses brassées, même si les chardons lui causaient beaucoup d'ennuis. Tabitha et moi marchions à sa suite, lui travaillant de sa faux, et nous, de nos râteaux. Mes mains sont pleines d'ampoules parce qu'il me fallait tordre des brins de paille pour lier les gerbes. Maman et Maria disposaient les gerbes liées en petites meules. Toutes les heures, nous changions de tâches. Nous ne nous sommes arrêtés que pour le déjeuner et le dîner, et nous avons cessé de travailler à six heures, chaque soir. Nous étions découragés à l'idée d'arrêter! Il restait encore tant à faire, et il n'y avait que nous pour le faire! Mais à cette heure-là, nous étions trop fatigués pour travailler davantage et nous affalions dans nos lits.

Puis un désastre s'est produit. Nous avions moissonné deux acres seulement quand un orage a éclaté. En quelques minutes, les vents violents et la pluie qui tombait drue ont couché ce qui restait de blé à moissonner. M. Seabrook a dit que ce blé était ruiné, car les grains allaient se mettre à germer.

Nous nous sommes empressés de rentrer les gerbes avant qu'elles se fassent mouiller davantage. À toute vitesse, nous les avons empilées dans la charrette et les avons emportées dans la grange. Nous avons dû faire plusieurs voyages. La pluie dégoulinait de mes cheveux et de mes vêtements, j'avais les mains rougies et endolories, et j'avais si mal aux bras que j'ai vraiment cru que je ne pourrais jamais plus les bouger. Heureusement, nous avons réussi à sauver toutes les gerbes. Elles sont entassées dans le grenier de la grange, où elles pourront sécher tranquillement jusqu'à ce que Hamilton soit prêt à battre les épis, cet hiver. (Hamilton sera-t-il ici pour le faire? Je l'espère!)

Je suis fière d'avoir travaillé si fort à sauver le blé, qui est si important pour Hamilton. Mais le reste de la récolte, la plus grande partie des 200 acres appartenant à mon frère, est détruit.

Chère Constance,

Malgré notre grande déception au sujet du blé, j'ai
passé une journée très agréable, car le père d'Abbie l'a
emmenée nous rendre visite. Elle n'a pu rester que
quelques heures, mais nous avons eu beaucoup de
plaisir à jouer avec Souricette, à nous pousser l'une et
l'autre sur la balançoire et à sauter à la corde. Maria
s'est jointe à nous.

J'ai dit à Abbie que c'était très généreux de la part
de son père d'être venu nous aider pour la moisson.
D'ailleurs, j'ai complètement changé d'opinion au
sujet de M. Seabrook. Pendant que nous travaillions
avec lui, il était agréable et gentil, nous encourageant
quand nous étions fatiguées et nous félicitant de
travailler aussi fort. Ce que j'avais pris pour de la
dureté n'était en fait que de la réserve.

Il a dit à maman qu'il ne voulait pas retourner là-bas
si les combats recommençaient. Ils ont longuement
parlé de leur mère patrie. Tous deux détestent avoir à
la considérer comme un ennemi. Maman lui a parlé de
la famille de tante Isabelle, en Caroline du Sud. Les
Seabrook ont encore plusieurs parents au Connecticut.

Maman a dit une chose qui m'a troublée : « Si les
États-Unis veulent s'emparer du Haut-Canada,
pourquoi ne pas les laisser faire? Mieux vaut former
un seul pays et vivre dans l'harmonie que de se
quereller ».

Je ne sais plus où j'en suis. À quel pays est-ce que

j'appartiens? Les États-Unis sont-ils ma mère patrie, tout comme pour maman? Papa (qui serait très mécontent de ce qu'a déclaré maman) dirait que je dois demeurer loyale envers la Grande-Bretagne. C'est de là que sa famille et celle de maman sont venues, il y a très, très longtemps. De son côté, Hamilton m'a dit que j'appartenais à ce nouveau territoire du Haut-Canada, dont l'existence semble si fragile en ce moment. Qui a raison?

25 juillet 1812

Chère Constance,

Ma vie semble presque être revenue à la normale. Aujourd'hui, après mes tâches, je suis allée voir Abbie avec Sukie. Tandis que mon amie filait, je me suis occupée de Paul et Johnny, mais cela ne me dérangeait pas. Je suis en train d'enseigner l'alphabet à Paul, et il apprend vite.

Pendant les courts moments où Abbie et moi avons la permission d'être seules ensemble, nous allons nous asseoir à l'ombre, sous le grand noyer qui se trouve sur le côté de leur maison. Nous avons cousu une famille de jolies petites poupées avec des retailles de tissu que Mme Seabrook nous avait données. Demain, je vais en apporter d'autres de chez nous.

Ce soir, j'ai emmené Souricette en haut et je l'ai installée dans la commode (avec le tiroir ouvert, bien sûr). Au moment où je l'ai déposée, elle dormait, et j'espérais qu'elle continuerait à dormir, le temps que je t'écrive. Mais elle s'est mise à miauler et à essayer de sortir du tiroir.

Au début, Maria s'est opposée à ce qu'elle reste dans notre chambre. Mais Souricette l'a séduite avec ses pirouettes, et maintenant, la petite chatte est blottie au creux du bras de Maria. Je vais devoir la ramener auprès de sa mère avant de me coucher, mais dans quelques semaines, elle pourra passer toute la nuit avec nous.

26 juillet 1812

Chère Constance,

Aujourd'hui, j'ai appris à Paul à écrire son nom. Il était tellement fier! Il s'est mis à l'écrire partout, dans le sable et sur la porte avec un bout de charbon de bois.

Abbie et moi avons continué de fabriquer nos poupées. Quand elle sera une grande personne, Abbie veut avoir un seul enfant, une fille, car elle en a assez de s'occuper des garçons. Moi, j'aimerais avoir six enfants, trois garçons et trois filles. J'aimerais qu'il existe un moyen d'avoir des enfants sans avoir de mari!

J'ai fait l'erreur de parler à Abbie du jeu de divination auquel nous avons joué, avec la clé et la Bible. Maintenant, elle veut essayer, pour voir si la clé va tourner à U. Elle n'a pas revu Uriah depuis le dernier jour d'école, et je suis surprise qu'elle pense encore à lui. Je lui ai dit que cela ne fonctionnait pas vraiment bien, mais elle ne m'a pas crue.

27 juillet 1812

Chère Constance,

Après tout ce travail que nous avons fait dans le champ, il y avait une telle quantité de lessive que je n'ai pas eu le temps d'aller voir Abbie. J'ai mis des vêtements tout sales à Jack, et Maria s'est plainte que j'essayais de me défiler. Pour me venger, j'ai mis un crapaud dans sa cuvette à laver. Maman m'a grondée très fort, mais le cri qu'a lancé Maria en valait vraiment la peine.

28 juillet 1812

Chère Constance,

Je t'écris après le souper. Hamilton et papa sont ici! Ils viennent tout juste de sortir pour aller abattre un chevreuil, alors je vais te raconter en détail cette journée, qui a été plutôt excitante jusqu'à maintenant.

Avant le dîner, j'étais assise sur le perron en train d'écosser des petits pois quand j'ai aperçu deux chevaux qui venaient vers chez nous. Quand j'ai reconnu les cavaliers, je me suis relevée si brusquement que les petits pois se sont tous éparpillés par terre. Papa m'a soulevée à bout de bras et Hamilton m'a serrée tellement fort contre sa poitrine que j'ai dû protester afin qu'il me laisse respirer! Maman et Maria ont pleuré, et Tabitha était rouge comme une betterave tandis qu'elle leur apportait à manger.

Comme papa nous l'avait écrit, ils n'ont pas eu à se battre jusqu'à maintenant. Contrairement à papa, Hamilton n'était pas en garnison au fort George. Il a été mis à la tête d'un escadron qui devait patrouiller le long de la rivière Niagara. Il a beaucoup aimé cette nouvelle responsabilité.

Quel soulagement, que de les avoir près de nous, sains et saufs, de revoir leurs visages et d'entendre de nouveau leurs voix! C'est comme si nous avions été enfermées dans une chambre noire pendant tout un mois et que, au bout de tout ce temps, nous avions enfin eu la permission d'ouvrir la porte.

Ils nous ont raconté que James et Charles se portaient bien et que Caroline habitait chez les parents de James à Burlington. Maman était très soulagée d'apprendre qu'elle n'aurait pas son enfant toute seule. Maria a demandé davantage de nouvelles de Charles, mais il n'y avait rien à ajouter.

Tabitha est entrée dans la pièce et elle a demandé des nouvelles de Samuel. Papa lui a dit qu'il ne l'avait pas revu depuis le début de la guerre. Par la suite, Tabitha m'a dit qu'elle ne comprenait pas, car Samuel était parti avec Hamilton.

Nous bavardions tous gaiement quand nos hommes ont assombri l'atmosphère. Papa nous a dit que son régiment allait bientôt se rendre à Delaware Town, sur la rivière Grand.

« Je suis bien content d'avoir enfin une chance de me battre », a déclaré Hamilton.

Maman a éclaté en sanglots et s'est précipitée hors de la pièce. Papa l'a suivie.

« Comment peux-tu dire une chose pareille, Hamilton? a lancé Maria, d'un ton de reproche. Tu ne vois donc pas que tu lui fais de la peine? » Et à moi aussi, aurais-je voulu ajouter, mais je ne voulais pas que Hamilton pense que je n'étais pas courageuse.

Il s'est excusé et, pour faire diversion, il s'est mis à nous parler du général Brock. « C'est l'homme le plus extraordinaire que j'aie jamais rencontré! a-t-il dit. Un authentique gentleman britannique, tout empreint de courage et d'énergie. Si quelqu'un peut arriver à convaincre un plus grand nombre d'hommes de se battre, c'est bien lui! » Il a rencontré le général Brock à plusieurs reprises, et le général est même allé souper chez papa.

J'ai demandé à Hamilton s'il avait vu Ellis. « Qui est-ce? » m'a-t-il demandé.

Je lui ai expliqué que c'était un jeune garçon qui vivait avec le général Brock. Hamilton a dit qu'il ne l'avait pas vu.

« Où l'as-tu rencontré, Suzanne? » a demandé Maria. Je lui ai expliqué que j'avais fait sa connaissance au fort George, mais je me suis bien gardée de mentionner la soirée que nous avions passée ensemble.

Je me demande si Ellis vit encore à Niagara. Si c'est le cas, il doit entendre beaucoup parler de la guerre par le général Brock. J'imagine qu'il s'inquiète au sujet du général tout autant que moi, je m'inquiète au sujet de Hamilton et papa.

Papa est redescendu au salon et il a dit que maman était plus calme et qu'elle se reposait. Maria et moi avons alors annoncé les mauvaises nouvelles à propos de la moisson. Papa et Hamilton sont aussitôt partis au galop afin d'aller inspecter nos cultures, et ils sont revenus, l'air grave.

Papa a dit qu'il était désolé que Hamilton et lui n'aient pas pu être relevés de leurs fonctions à temps pour revenir à la maison. Il nous a félicitées de notre bon travail et il s'est dit reconnaissant de l'aide que nous avait apportée M. Seabrook. « J'ai peut-être été trop dur avec lui », a-t-il déclaré. J'étais très contente de l'entendre dire cela. Après avoir admiré mes ampoules aux mains, il nous a rappelé que nous avions de la chance de ne pas dépendre uniquement de la ferme pour survivre, puisqu'il perçoit un salaire en tant que shérif.

Puis Hamilton m'a étonnée. Il a dit qu'il allait laisser tomber l'agriculture et ferait autre chose, après la guerre. Papa a eu l'air surpris, lui aussi, et a dit que c'était à Hamilton de décider, puisque c'est lui qui s'occupe de la ferme. Je lui ai demandé ce qu'il avait l'intention de faire. « Quelque chose de plus excitant que l'agriculture », m'a-t-il répondu. Il est tellement impétueux!

« Est-ce que nous pourrons quand même rester ici? » lui ai-je demandé, craintive. Il m'a assuré que oui. J'espère de tout cœur que lui aussi le pourra et que tout redeviendra comme avant!

J'entends papa et Hamilton qui reviennent de la chasse, alors je dois te laisser et redescendre afin de savourer chaque minute de mon temps avec eux.

Plus tard

Papa et Hamilton doivent partir très tôt demain matin, avant que nous soyons levées. Cette visite est beaucoup trop courte! Nous nous sommes tous attardés au salon autant que nous l'avons pu, mais il a bien fallu que nous montions nous coucher.

J'ai emmené Souricette dans la maison, et Hamilton m'a taquinée en disant que c'était une vulgaire chasseuse de souris. Puis Souricette s'est endormie sur ses genoux! Quand je lui ai dit que j'écrivais dans mon journal tous les jours, il m'a félicitée de mon assiduité. Hamilton écrit régulièrement dans le sien et a dit que nous pourrions les comparer, après la guerre.

J'ai essayé de sourire quand j'ai embrassé mon cher papa et mon cher frère, avant d'aller me coucher. J'essaie de ne pas me laisser envahir par la peur, mais mes larmes ont déjà commencé à tacher ces pages.

29 juillet 1812

Chère Constance,

Aujourd'hui, chez Abbie, j'ai appris que M. Seabrook avait reçu l'ordre de rejoindre son unité demain. Il est tellement en colère qu'il ne dit plus un mot. Leur maison est remplie de tristesse, comme la nôtre.

Comme je déteste cette guerre!

11 août 1812

Chère Constance,

J'ai été très malade. J'ai eu la malaria, comme chaque été. C'est une maladie très frustrante. Un jour, je suis fiévreuse, puis lorsque j'ai l'impression d'aller mieux, la fièvre revient. Mais là, je n'ai aucune fièvre depuis une semaine, alors je crois que c'est terminé. Je suis très faible, mais je suis capable de rester assise durant la journée et je peux t'écrire.

Maman m'a soignée en me faisant boire régulièrement une macération d'écorce dans du brandy. Ce remède arrive toujours à me guérir. Au plus fort de ma maladie, j'étais tellement brûlante de fièvre que c'était insupportable. Maman m'a dit qu'une nuit, je ne savais plus où j'étais et je n'arrêtais pas de réclamer Hamilton.

Les jours où je me sentais mieux, elle s'assoyait à mon chevet et me racontait des souvenirs de son enfance en Caroline du Sud. Elle avait une esclave noire qui s'appelait Nana et qu'elle aimait beaucoup. Dans le Haut-Canada, il y a des esclaves qui sont venus ici avec leur famille, mais leurs enfants sont affranchis à 25 ans, et leurs petits-enfants le sont dès leur naissance.

J'ai demandé à maman si elle pensait que c'était mal, l'esclavage.

Elle a répondu que c'était une question bien compliquée. Sa famille a toujours été bonne à l'égard de ses esclaves, quoiqu'elle soit forcée d'admettre que c'est injuste de forcer des gens à travailler sans leur donner de salaire.

On dirait que, plus je grandis, plus les questions sont compliquées. Parfois, j'aimerais être plus jeune et ne pas avoir à penser à de tels problèmes.

Quand je me suis sentie beaucoup mieux, maman m'a lu des passages d'un livre qu'elle avait emprunté à Mme Adams avant la guerre. La tante de Mme Adams l'avait envoyé à celle-ci d'Angleterre. C'est un roman intitulé *Raison et sentiments*. Au début, je trouvais que cela parlait trop de l'amour, mais je n'ai pas tardé à être complètement captivée. Les personnages sont très intéressants et me semblent presque réels.

Maria et Tabitha se sont jointes à nous afin d'écouter maman, elles aussi. Je crois que je me suis complètement remise parce que je voulais connaître la suite. Toutefois, nous n'avons que les deux premiers tomes, et je veux absolument savoir comment l'histoire finit. Ce livre ne porte aucun nom d'auteur. On nous dit seulement qu'il s'agit d'une « dame ». Qui qu'elle soit, je suis émerveillée qu'elle ait pu écrire une histoire avec des personnages qui me semblent aussi vivants.

Je me demande si, un jour, j'aimerai quelqu'un d'amour. Je n'arrive pas à l'imaginer, mais on dirait que c'est la principale préoccupation de presque tous les adultes que je connais. Peut-être que je ne pourrai pas y échapper.

12 août 1812

Chère Constance,

Aujourd'hui, j'ai été capable de descendre au rez-de-chaussée. J'étais absolument ravie de revoir Souricette, que maman n'avait pas laissé entrer dans ma chambre pendant que j'étais malade.

Elle est sur le point d'être sevrée. Je lui ai appris à laper du lait en trempant mon doigt dans le bol et en le lui donnant à lécher.

J'ai encore les jambes chancelantes, mais j'ai meilleur appétit. Au dîner, j'ai mangé une grosse portion de pâté de lapin.

Plus tard

J'ai oublié de te dire que, pendant que j'étais malade, nous avions reçu une lettre de papa. Nous avons remporté une victoire! C'est arrivé au fort Michillimakinac, le 17 juillet. Ce fort américain est situé très loin vers le nord, dans le territoire du Michigan, sur une île du lac Huron. Le capitaine Charles Roberts a vaincu les Américains, sans effusion de sang, avec l'aide de ses officiers britanniques, de coureurs des bois canadiens et de 400 guerriers indiens. Papa dit que le chef des Américains, le lieutenant Hanks, a eu tellement peur des guerriers indiens qu'il a aussitôt capitulé. Nous avons de la chance d'avoir tous ces Indiens comme alliés.

13 août 1812

Chère Constance,

Comme je vais beaucoup mieux, j'ai eu la permission de sortir. Maria et moi sommes allées nous promener. C'était très agréable, de profiter ainsi de la chaleur du soleil. J'ai repoussé ma coiffe et levé la tête vers le ciel. Maria m'a ordonné de replacer ma coiffe correctement. J'aimerais que ce ne soit pas inconvenant d'avoir des couleurs aux joues pour une fille.

Chère Constance,

Cet après-midi, Mme Adams est venue nous rendre visite! Comme il n'y a toujours pas de combats dans les environs, elle en a pris le risque. Maman et elle étaient ravies de se revoir après si longtemps. Mme Adams a apporté le troisième tome de *Raison et sentiments*, et nous sommes très heureuses de l'avoir.

Mme Adams avait amené Élias. On s'attendait à ce que je m'occupe de lui tandis que les autres bavardaient. J'ai assuré maman que j'allais parfaitement bien, et elle nous a laissé aller au ruisseau. En route, nous n'avons pas dit un mot. Élias a sorti un sifflet en bois de sa poche et il s'est mis à jouer un air en faussant. Au moins, il ne m'a pas taquinée, comme à son habitude.

Pendant que nous lancions des bouts de bois, que Jack nous rapportait ensuite, Élias s'est montré plus amical. Il m'a raconté qu'il avait travaillé très fort à leur ferme, tout comme nous. Nous nous sommes vantés tous les deux d'avoir réussi à sauver du blé. Il n'a pas revu son père une seule fois, et j'en étais désolée tandis que je lui racontais la visite de papa et de Hamilton.

« J'aimerais être en âge d'aller combattre les Américains », a déclaré Élias.

« Comment peux-tu dire une chose pareille ? lui ai-je demandé. Presque tous tes amis sont Américains! »

« Plus maintenant, a répondu Élias. Tous ceux qui vivent dans le Haut-Canada font partie de l'empire britannique. »

Cette guerre ne semble pas le troubler. C'est peut-être parce que ses parents sont ici depuis plus longtemps que les miens. Ils étaient parmi les premiers Loyalistes à arriver ici.

Mais comment peut-il vouloir aller se battre? Je suppose qu'étant un garçon, il ne peut pas s'en empêcher. Toutefois, malgré ses opinions, Élias n'est plus aussi casse-pieds qu'il me semblait l'être auparavant.

15 août 1812

Chère Constance,

Maman m'a permis d'aller chez Abbie sur Sukie. M. Seabrook est encore là! Il refuse de retourner se battre, et Abbie a peur qu'il se fasse arrêter pour désertion.

« S'il te plaît, ne le dis à personne, surtout pas à ton père », m'a suppliée Abbie. Elle avait l'air tellement anxieuse que je le lui ai promis. Je tremble à l'idée de ce que papa en penserait. Mais il n'est pas là. Abbie est ma meilleure amie, et je ne peux pas la laisser tomber.

J'étais tellement troublée que je me sentais incapable de continuer à en parler. Alors je me suis mise à raconter à Abbie ce que nous avions lu jusqu'à maintenant de l'histoire de *Raison et sentiments*, afin de nous remonter le moral à toutes les deux.

Les chatons sont maintenant sevrés, et Patience n'est plus patiente du tout. Quand ses petits essaient de téter, elle s'éloigne d'eux. Maman a dit que Souricette peut désormais vivre dans la maison. En ce moment même, elle ronronne contre les pieds de

Maria, en attendant que je me mette au lit. Ce sera réconfortant, de l'avoir près de moi toute la nuit. Je n'arrive pas à décider si j'ai eu raison de faire cette promesse à Abbie. Je comprends très bien le point de vue de M. Seabrook. Comment pourrait-il en être autrement, étant donné qu'il pense la même chose que maman à propos de ces combats contre son ancienne patrie. Par contre, les déserteurs sont sévèrement punis.

Je suis tellement perplexe que je vais cesser d'y penser.

16 août 1812

Chère Constance,

Tous les soirs, maman nous lit un passage du dernier tome de *Raison et sentiments*. C'est tellement captivant que je ne veux pas en voir la fin. Je me suis de nouveau habituée à notre vie à trois, comme si papa et Hamilton n'étaient jamais venus.

Souricette est maintenant complètement sevrée et elle vit dans la maison. Ses frères et sœurs ont commencé à s'intégrer à la bande des chats qui vivent dans la grange. Souricette, elle, est installée sur mes genoux, au salon. J'ai de la difficulté à travailler à mon échantillon de broderie, car elle n'arrête pas de jouer avec le fil. Pour la nourrir, je lui donne du lait et des petits morceaux de viande. C'est agréable d'avoir quelqu'un sur qui veiller.

Chère Constance,

Jour de lessive, alors une fois de plus, je n'ai pas eu la permission d'aller voir Abbie. Par moments, on dirait que les tâches ménagères n'ont plus de fin. Toi, Constance, est-ce que, comme nous, tu dois passer une journée entière à faire la lessive? Souricette a attrapé une souris dans la cuisine. Elle vient donc de montrer qu'elle peut se rendre utile.

18 août 1812

Chère Constance,

Aujourd'hui, Abbie et moi sommes allées cueillir des bleuets et nous avons rencontré un ours! Il était si près que je pouvais voir ses yeux. Il n'avait pas l'air bien méchant, mais son corps tout noir à fourrure lustrée et ses pattes si énormes dégagent une telle puissance que j'ai été prise d'un grand frisson, même si ce n'est pas la première fois que j'en rencontre un.

Nous avons fait beaucoup de bruit, et il s'est éloigné à pas lourds. Comme nous avions laissé tomber notre seau de bleuets, nous avons dû tout ramasser. Mme Seabrook était très contente que nous lui en ayons rapporté autant.

Je suis passée à côté de M. Seabrook qui abattait un arbre, mais il a tourné la tête quand il m'a vue. Je crois qu'il cherche à m'éviter. Abbie et moi ne parlons jamais de lui. Comme si son père était devenu un fantôme, quelqu'un qui n'est pas vraiment ici.

Chère Constance,

J'ai le moral au plus bas. Aujourd'hui, M. Seabrook m'a prise à part et m'a dit que je ne devais plus venir voir Abbie. Il a peur que je dise à papa qu'il n'est pas allé rejoindre son unité.

Je lui ai dit que j'avais déjà promis à Abbie de ne rien dire et que papa n'est pas là de toute façon. M. Seabrook a répliqué : « J'espère que tu ne l'en informerais pas intentionnellement. Mais s'il était ici et qu'il te demandait lui-même où je me trouve, je ne voudrais pas que tu sois obligée de lui mentir. Si tu ne viens plus, tu pourras lui répondre en toute honnêteté que tu ne sais pas où je me trouve. »

Il a ravivé toutes les angoisses que je m'efforçais de réprimer. Papa ne doit pas apprendre que M. Seabrook a déserté, puisqu'il est shérif. Et c'est vrai que j'aurais de la difficulté à lui mentir.

D'une certaine façon, je me sens soulagée que la décision de M. Seabrook ne m'oblige pas à prendre position. Mais Abbie va me manquer énormément! Juste au moment où notre existence semblait revenir à la normale, nous devons cesser nos visites.

Et je ne sais pas si M. Seabrook a raison ou non. Abbie dit qu'il avait deux raisons de ne pas vouloir retourner là-bas : il ne veut pas se battre contre les gens de son pays natal et, surtout, il ne veut pas quitter sa famille, surtout avec le bébé qui va naître. Ce sont deux raisons que je comprends. Pourtant, je sais que papa ne serait absolument pas d'accord.

Qui a raison, M. Seabrook ou papa? Ce soir,

j'aimerais prier pour que le père d'Abbie ne se fasse pas prendre. Je veux aussi demander à Dieu de nous aider à remporter la victoire et que tout cela se termine... même si la guerre nous oppose au pays où M. Seabrook, maman et moi-même avons nos racines.

Je me demande ce que Dieu veut? Je suis tellement perplexe que je me sens incapable de prier.

21 août 1812

Chère Constance,

Je voudrais parler de M. Seabrook à maman, mais j'ai peur de le faire. Elle l'admire, mais il est évident qu'elle serait obligée de prendre le même parti que papa.

Elle m'a demandé pourquoi je n'allais pas chez Abbie, une fois mes tâches terminées. J'ai répondu qu'Abbie était trop occupée pour que j'y aille. Ce n'est qu'un demi-mensonge, non? Mais j'ai horreur de devoir mentir à maman.

C'est un secret trop lourd à porter pour moi. Il me pèse sur le cœur, et je voudrais pouvoir me débarrasser de ce fardeau.

22 août 1812

Chère Constance,

Cet après-midi, j'ai aidé Tabitha à battre la crème dans la baratte. Je dois grimper sur un tabouret pour y arriver, et mes bras se fatiguent rapidement. Mais le goût de ce petit lait en vaut l'effort.

Tabitha est bouleversée ces jours-ci. Elle se fait

beaucoup de souci au sujet de Samuel. Quand papa et Hamilton sont venus ici, j'ai déchiré une page de ce journal pour que Tabitha puisse leur faire porter une lettre à Samuel. Ce n'est pas convenable pour elle d'écrire à Samuel alors qu'ils ne sont pas encore fiancés, mais elle a dit qu'elle s'en fichait. Elle espérait qu'ils pourraient le retrouver, mais elle n'a eu aucune nouvelle.

Je crois qu'elle est vraiment amoureuse de Samuel, maintenant. Elle est tellement triste que je serais prête à renoncer à son agréable compagnie si elle pouvait être heureuse avec lui.

Au souper, maman m'a demandé pourquoi j'étais si tranquille. Au moins, j'ai pu lui répondre en toute sincérité que j'étais triste pour Tabitha, même si ce n'est qu'une partie de la vérité.

24 août 1812

Chère Constance,

Hier, je n'ai pas pu écrire parce qu'il n'y avait rien à dire. Les journées sont très chaudes et monotones et personne n'est dans son assiette. Maman souffre de l'un de ses pénibles maux de tête. Maria broie du noir en pensant à Charles. Après mes tâches, j'essaie de coudre, mais je n'arrive pas à me concentrer à cause de tous mes soucis au sujet de papa et Hamilton (nous n'avons plus reçu de lettre depuis que j'ai été malade), de M. Seabrook, et aussi de Tabitha et Samuel. L'été dernier je n'avais pas ce genre de préoccupations. Je rêve de revivre des jours aussi paisibles.

Personne ne se rend compte que je laisse Jack entrer

souvent dans la maison et se coucher sous la table. Souricette va se blottir entre ses pattes. Ce sont les seuls membres de notre famille à ne pas avoir de soucis.

25 août 1812

Chère Constance,

Nous avons presque tout mangé le chevreuil que papa et Hamilton avaient abattu. Le lard salé est presque terminé, lui aussi. Maman se demande comment nous allons pouvoir nous procurer de la viande, s'il n'y a pas d'homme pour aller à la chasse.

Et là, Tabitha est sortie sans rien dire et elle a tué une poule. J'aurais été incapable de le faire. Elle dit que ce n'était rien, qu'elle le faisait tout le temps quand elle était petite. Nous n'avons jamais tué nos poules, car nous les utilisons toutes pour les œufs.

Je n'ai pas le cœur de tuer les poules que je nourris tous les jours. Je ne veux pas savoir laquelle c'était. Au moins, je n'en ai baptisé aucune autre depuis que j'ai perdu ma pauvre Flocon-de-neige.

Ce soir, j'ai eu pour tâche de plumer la poule dans la cour. Il y avait tout un nuage de plumes! Souricette s'est bien amusée à essayer de les attraper. J'ai aperçu Rigolo et Noiraud dans le verger et j'ai eu peur que Souricette aille les rejoindre, mais elle ne semble pas vouloir s'éloigner de moi.

Maman n'arrête pas de me demander pourquoi je ne vais pas voir Abbie. Finalement, j'ai dû lui dire que nous nous étions disputées. Elle a essayé de m'en faire dire davantage, mais je lui ai répondu que je ne voulais plus en parler.

J'ai beaucoup, beaucoup de peine d'être obligée de lui mentir.

26 août 1812

Chère Constance,

Le général Brock est venu prendre le thé! Et Ellis aussi! Cette journée a été si bien remplie qu'il me faudra beaucoup de temps pour tout te raconter. Je vais essayer de t'écrire tous les détails.

J'étais en train de ramasser les draps que nous avions étendus sur les buissons. Un cheval est arrivé derrière moi, si doucement que je m'en suis aperçue seulement au moment où je me retournais. C'était un grand cheval gris, très beau. L'homme qui le montait, grand lui aussi, me souriait. Il portait son mousquet et sa poire à poudre en bandoulière, et quelques tourterelles mortes étaient accrochées à sa selle.

« Est-ce que ta mère est là? » m'a-t-il demandé.

Je ne savais pas quoi lui répondre. Et si c'était un ennemi? Je suis restée plantée là, tremblant intérieurement.

Puis le cavalier m'a dit de ne pas avoir peur, qu'il était un ami de mon père. « Vous êtes sans doute Mlle Suzanne », a-t-il dit. Soulagée, je lui ai fait la révérence. S'il connaissait mon nom, il devait dire la vérité.

Puis il m'a dit qu'il était le général Brock et a demandé s'il pouvait entrer afin de se rafraîchir. Il a dit qu'il avait chassé toute la journée et qu'il avait grand soif.

Je ne sais pas comment j'ai fait pour me rendre

jusqu'à la maison et crier à maman et Maria que le général Brock était là! Elles se sont précipitées dehors, et maman a gentiment prié le général d'entrer chez nous. Elle a demandé à Tabitha de lui verser de l'eau afin qu'il puisse se rafraîchir, puis de l'emmener au salon.

Maman, Maria et moi nous sommes précipitées en haut. Maman a changé de coiffe et brossé mes cheveux. Avec sa clé, elle a ouvert le coffret à thé qu'elle cache sous son lit (en cas de vol) et elle a pris le précieux thé chinois que Hamilton lui avait offert. Nous sommes redescendues à toute vitesse. Maria est arrivée quelques minutes après nous, vêtue de sa plus belle robe de mousseline.

Quand le général Brock est debout, nous semblons toutes petites à côté de lui, car il mesure plus de six pieds. Je me suis assise sur mon tabouret et j'ai levé la tête pour le fixer. Il était tellement occupé à regarder Maria que je pouvais l'observer sans paraître impolie. Il a une grosse tête aux cheveux blonds clairsemés. De son corps se dégage une impression de très grande force. Il parle avec un accent britannique, bien sûr, et d'un ton sec et tranchant. Il ne portait pas son uniforme. Il était plutôt habillé comme tous les chasseurs le sont.

Nous avons bu notre thé, et le général a mangé un morceau de la tarte aux cerises de Tabitha. Il nous a transmis un message de la part de papa : Hamilton et lui se portent bien, et papa est désolé de n'avoir pas écrit depuis si longtemps. Il n'en a pas eu le temps parce que tous deux n'ont pas cessé de se déplacer.

Puis le général nous a raconté la grande victoire des Britanniques à Détroit! Le général Hull a capitulé, et le général Brock a assujetti tout le territoire du Michigan à la couronne britannique. Papa et Hamilton n'étaient pas à Détroit. Papa assurait la garde du fort George. Quant à Hamilton, il s'est montré très courageux! Comme suspendues à ses lèvres, nous écoutions le général Brock nous raconter tous les détails de ses exploits. Il a dit que Hamilton était un jeune homme plein d'initiative et que, tandis qu'il se trouvait dans les environs de Delaware Town, il était tombé sur un groupe de sympathisants de la cause américaine. Hamilton et ses hommes ont réquisitionné une maison et ont fait semblant d'être des Yankees. Les Américains leur ont confié qu'eux aussi en étaient. Alors Hamilton a fait plusieurs prisonniers et les a gardés jusqu'au lendemain!

Le général a ajouté que Hamilton a manqué la bataille de Détroit parce qu'il emmenait les prisonniers au fort George. « Néanmoins, je suis fort satisfait de lui », a dit le général. Nous étions très fières de l'entendre!

Le général était manifestement fier de sa propre victoire. L'une des raisons pour lesquelles il l'a remportée est qu'il a demandé aux miliciens de revêtir des habits rouges, afin de faire croire au général Hull qu'ils étaient tous des soldats réguliers de l'armée britannique. Le général Brock accorde tout autant de mérite à Tecumseh, le chef des Indiens shawnee. Ce guerrier très astucieux a fait traverser une clairière trois fois de suite par le même groupe d'Indiens. Le

123

général Hull a cru qu'ils étaient de deux à trois milles guerriers, plutôt qu'à peine quelques centaines. Peu après, un drapeau blanc a été hissé. Le général a ajouté qu'il n'aurait pas obtenu ce résultat sans Tecumseh. Il a dit du chef indien qu'il était un vaillant guerrier.

J'ai écouté ces histoires de ruses contre l'ennemi avec une vive inquiétude. La guerre me semble être un grand jeu, et on dirait que tout repose un peu trop sur le hasard. Et si ces ruses n'avaient pas fonctionné? Alors Hamilton, le général Brock et Tecumseh ne seraient peut-être plus en vie! Quand la guerre a commencé, elle me semblait si lointaine. Mais en écoutant les histoires du général Brock, elle prend vie au beau milieu de notre salon.

Le général espère que la victoire de Détroit va donner l'envie à d'autres hommes d'aller se battre. Il a soupiré, en parlant du trop grand nombre de déserteurs. Rongée de culpabilité, j'ai pensé à M. Seabrook.

Puis il a expliqué comment il avait trouvé le temps d'aller chasser. Il y a maintenant une trêve, pour une période indéterminée. La voix du général Brock était empreinte de colère. Je voyais bien qu'il était impatient de continuer à se battre et à remporter des victoires.

« Assez parlé de la guerre », a-t-il dit finalement. Il a admiré notre vaste collection de livres, et maman et lui ont discuté d'Homère, que tous deux admirent beaucoup. Le général semble très cultivé et a parlé avec passion de littérature et de musique. Maria a chanté une chanson traditionnelle, *Greensleeves*, pour lui et elle l'a fait avec une grande finesse. Je suis contente de ne pas avoir eu à chanter aussi, car je suis sûre que ma voix aurait été pire que jamais, à cause de ma nervosité.

Le général Brock s'est tourné vers moi et il m'a demandé quel âge j'avais. J'ai répondu que j'aurais 12 ans en octobre. Il se trouve que son anniversaire est la veille du mien! Il a deux nièces en Angleterre qui ont à peu près mon âge. Il leur a envoyé des fourrures afin qu'on leur confectionne des manchons.

Je tremblais déjà d'excitation parce que le général m'avait parlé, quand j'ai eu la surprise de ma vie : Tabitha est entrée dans la pièce avec Ellis! Il était pâle et anxieux, et s'essuyait le front.

Le général Brock nous l'a présenté. Ellis avait dû s'arrêter en route pour réparer le harnais de son cheval. Le général lui a demandé pourquoi il arrivait avec autant de retard.

Ellis a salué maman, puis a baissé la tête. « J'ai bien peur de m'être perdu, monsieur. Vos indications étaient plutôt compliquées. » Le général s'est mis à rire.

« Bonjour, Ellis, lui ai-je dit. Je suis heureuse de te revoir. » Ellis a souri timidement.

Maman et le général ont eu l'air surpris. Nous leur avons raconté comment nous nous étions rencontrés au fort George, en juin.

« Ellis doit avoir très chaud, a dit maman. Amène-le à la cuisine, Suzanne, et offre-lui une boisson fraîche. »

Nous avons quitté le salon, et Tabitha a servi de la bière d'épinette à Ellis. Puis elle a gentiment offert de ramener les vaches à ma place. Ellis et moi avons donc pu nous parler librement. Comme c'était agréable de le revoir!

Chère Constance,

Hier soir, j'ai été obligée d'arrêter d'écrire, tant la main me faisait mal. Je me suis levée très tôt afin de te raconter la suite.

J'ai demandé à Ellis de me parler de tout ce qu'il avait fait depuis juin dernier. Il s'est ennuyé encore plus que moi, puisque l'école était fermée et que le général Brock et ses aides de camp étaient rarement à la maison. Porter ne s'occupe presque pas d'Ellis, sauf pour lui servir ses repas. Ellis a passé de longues journées tout seul, à lire et à jouer aux échecs avec un adversaire imaginaire. « Parfois, je marchais jusqu'au fort, dans l'espoir d'y obtenir des nouvelles du général, a-t-il dit. Mais on me renvoyait toujours à la maison. »

Et quand le général était là, il était souvent trop occupé pour parler avec Ellis. « J'étais très content d'aller à la chasse avec lui, aujourd'hui », m'a-t-il confié.

Il avait l'air tellement triste! « Tu dois être fier de la victoire du général Brock, non? lui ai-je demandé, dans l'espoir de lui remonter le moral. La Grande-Bretagne va sûrement gagner, maintenant, et la guerre sera finie! »

Ellis n'a rien dit pendant un moment et il a pris un air étrange et distant, comme si je n'avais pas été là. « Je ne sais pas si nous allons gagner ou perdre, a-t-il articulé lentement. Mais j'ai un très mauvais pressentiment. Quelque chose de terrible va se produire. Je ne sais pas quoi, mais j'en ai froid dans le dos. »

Ses paroles graves m'ont fait si peur que je me suis vite levée pour l'entraîner dehors. Je lui ai présenté Jack, et nous avons fait le tour du verger et cueilli les premières prunes. Ellis agissait de nouveau d'une manière normale et a grimpé dans un arbre. Il a même ri quand le jus des prunes nous a coulé sur le visage et que nous avons essayé de l'enlever en nous léchant le nez!

« Tu as de la chance, Suzanne », a-t-il dit soudain.

J'ai hoché la tête tristement, en pensant à la différence qu'il y avait entre ma famille, heureuse et prospère, et ce garçon sans aucune famille. « J'ai beaucoup de chance et j'en suis reconnaissante », ai-je répondu.

« Ce n'est pas ce que j'ai voulu dire, a repris Ellis en regardant au loin, comme s'il pouvait voir quelque chose que je ne pouvais pas. Je veux dire que tu portes chance aux autres. »

« Qu'est-ce que tu veux dire? » lui ai-je demandé. Mais Ellis n'a pas voulu me répondre.

Il est vraiment bizarre. Par moments, il fait beaucoup plus vieux que ses 10 ans. Mais, aussi étrange qu'il soit, je l'aime encore plus que la dernière fois.

Puis nous avons aperçu le général Brock qui sortait de la maison, et Ellis est allé chercher leurs chevaux à toute vitesse. Le général Brock m'a tendu ses tourterelles, « en guise de présent pour votre charmante maman », et je l'ai remercié. J'ai tenu ses rênes tandis qu'il montait, et il m'a dit que son cheval s'appelait Alfred. Puis Ellis et lui sont partis.

Nous avons passé toute la soirée à parler de la visite du général. Je me rappellerai toute ma vie ce jour où j'ai rencontré un vrai héros. Je me demande si j'aurai l'occasion de le revoir.

Et est-ce que je reverrai Ellis? Quand la guerre sera terminée, je pourrai peut-être retourner à Niagara. Et peut-être qu'Ellis y habitera toujours. J'espère de tout cœur que nous pourrons continuer à être amis.

Plus tard

Si le général Brock m'avait demandé directement si M. Seabrook était à sa ferme, est-ce que je lui aurais dit la vérité? J'aurais sans doute pu lui dire que je ne le savais pas car, en toute sincérité, je l'ignore, même si je soupçonne qu'il y est encore.

Le général Brock avait l'air très fâché contre les hommes qui refusent de se battre pour lui, tout autant qu'il l'était à propos de la trêve. Il a dit que, s'il avait suffisamment d'hommes et qu'on lui permettait d'attaquer, il pourrait remporter la victoire contre les Américains en un tournemain.

Je pouvais sentir sa grande frustration et j'étais désolée pour lui. Tout comme maman, Maria et Tabitha, j'étais complètement tombée sous son charme. Pourtant, je ne dois pas oublier que l'ennemi qu'il veut vaincre est le pays où j'ai encore une tante, un oncle et des cousins, le pays qui manque tant à maman et, aussi, le pays où la future épouse de Hamilton habite en ce moment.

Cette guerre est vraiment déroutante.

Chère Constance,

Aujourd'hui, Maria et moi sommes allées à la pêche. Ma sœur n'y était jamais allée, mais Hamilton m'y avait souvent emmenée avec lui. J'ai trouvé la gaffe qu'il utilise, et nous l'avons apportée au ruisseau, de même qu'un gros panier. À cette époque de l'année, le ruisseau frétille de saumons. J'ai montré à Maria comment attraper un poisson avec la gaffe, le sortir de l'eau et le lancer sur la berge. Il fallait l'entendre crier!

Le saumon gigotait dans l'herbe, alors j'ai demandé à Maria de l'immobiliser tandis que je l'assommais avec une pierre. Je n'aime pas tuer de si belles créatures. Mais il y en a tant de ces saumons; j'espère que Dieu comprendra que nous en avons besoin.

Au début, Maria n'aimait pas tenir le poisson gigotant, mais elle s'y est vite habituée. Après avoir attrapé trois gros saumons, nous avons dû nous arrêter là, car c'était tout ce que nous étions capable de transporter. Nous sommes rentrées à la maison, trempées de la tête aux pieds et couvertes d'écailles et de sang de poisson. Comme nous étions déjà très sales, nous avons décidé d'éviscérer nos prises sans attendre. J'ai donné les entrailles à Souricette.

Hamilton serait très fier de nous.

Tabitha a fait cuire un des saumons, et nous en avons mangé pour le dîner. C'était délicieux. J'ai passé le reste de la journée à l'aider à fumer les deux autres. Maintenant, nous avons assez de poisson pour un bon bout de temps.

Mes plumes tirent à leur fin. Je continue de les tailler, mais il ne leur reste presque plus de tige. Je vais bientôt manquer d'encre, aussi.

30 août 1812

Chère Constance,

Hier, je ne t'ai pas écrit parce que j'ai été trop occupée à me tailler de nouvelles plumes et à fabriquer de l'encre. Comme nous n'élevons pas d'oies chez nous, maman m'a permis d'aller chercher quelques plumes chez les Adams. C'est plus loin que d'aller chez Abbie, mais, comme le général a dit qu'il y avait un cessez-le-feu, maman a décidé que ce ne serait pas dangereux.

Élias m'a aidée à ramasser des plumes. Il m'a demandé pourquoi j'en voulais, alors je lui ai parlé de ce journal que j'écris. Je ne lui ai pas parlé de toi, Constance, parce que je sais qu'il m'aurait taquinée à propos de mon arrière-petite-fille imaginaire. Élias a dit qu'écrire, ça ressemblait trop à l'école à son goût.

Tout comme moi, Élias était censé commencer l'école la semaine prochaine à Niagara, la même que celle où va Ellis. Toutefois, à cause de la guerre, il n'y aura pas d'école du tout. Je suis contente de ne pas être obligée de quitter la ferme, mais les études vont me manquer. Maman n'aura pas beaucoup de temps pour m'enseigner quoi que ce soit.

J'ai raconté à Élias la visite du général Brock, et il était très jaloux de moi. Il était aussi jaloux d'Ellis, qui connaît le général. « Papa dit qu'il est notre plus grand espoir », a-t-il déclaré.

De retour à la maison, j'ai fait bouillir les plumes, afin de les rendre souples et résistantes. Puis Maria m'a aidée à les tailler. Nous en avons fait une douzaine, mais je n'avais toujours pas d'encre. Comme le magasin de The Twelve est fermé, je n'ai nulle part où en acheter. J'ai décidé d'en fabriquer moi-même.

J'ai dû y réfléchir d'abord. Je faisais le tour de la cour en essayant de trouver quelque chose que je pourrais faire bouillir afin d'obtenir un liquide bien coloré, quand l'idée m'est venue : des betteraves! Après notre office du dimanche dans le salon, j'ai fait cuire une grande quantité de betteraves. Je me suis taché les mains en les mettant dans des pots. Qu'en penses-tu? Mon encre est un peu trop liquide, et elle tourne au rose sur le papier blanc, mais il faudra que je m'en contente.

Maman dit que j'ai autant d'initiative que Hamilton, ce qui me rend très fière.

31 août 1812

Chère Constance,

Nous en avons assez de manger du saumon, alors Tabitha a décidé d'essayer de tuer des écureuils. Je l'ai accompagnée et j'ai été surprise de découvrir qu'elle savait charger un fusil. Elle ne l'avait jamais fait, mais elle avait souvent observé Hamilton. Tabitha est capable de réussir tout ce qu'elle entreprend! Elle m'a laissé tirer, mais je n'ai pas aimé la douleur qu'a causée le recul du fusil au creux de mon épaule.

Après plusieurs échecs, Tabitha a réussi à abattre trois écureuils. Je l'ai aidé à les dépouiller, et nous les

131

avons mangés au dîner. Leur goût ressemble à celui du poulet. Je suis contente que nous n'ayons pas été obligées de tuer d'autres poules. Nous en avons besoin pour les œufs, et je les aime beaucoup trop.

Tandis que nous marchions dans la forêt, Tabitha m'a raconté qu'elle se faisait beaucoup de souci au sujet de Samuel. « Il est peut-être malade, a-t-elle dit. Ou même mort! »

J'ai dit que, s'il était mort, les Turney nous en auraient certainement parlé. Mais est-ce vraiment le cas? Samuel vivait seul dans une petite maison située sur la propriété des Turney. Peut-être que personne ne savait qu'il travaillait pour eux. Il n'a aucune parenté ici. Il vient de la Pennsylvanie et est arrivé tout seul.

J'ai essayé de réconforter Tabitha, mais je n'ai pas su trouver les bons mots.

1er septembre 1812

Chère Constance,

Maman va me préparer des additions à faire et des leçons à apprendre chaque matin. Je dois aussi lire un livre par semaine. Je lui ai demandé si le premier pouvait être *Raison et sentiments*. Elle a ri et m'a donné sa permission. C'est encore meilleur la deuxième fois, et j'ai du mal à m'arracher à ma lecture. Maria aussi est censée lire, mais je parie qu'elle n'en fera rien.

2 septembre 1812

Chère Constance,

Il pleut très fort, et je dois remplacer souvent les contenants que nous mettons dehors pour recueillir l'eau de pluie. J'ai tendu des collets à lapins pour tenter d'épargner mes poules et parce que nous n'avons que le saumon, qui n'est pas encore terminé.

3 septembre 1812

Chère Constance,

J'ai attrapé un lapin! J'ai eu de la peine, quand j'ai ramassé son petit corps inerte, mais si j'en attrape encore deux autres, Tabitha va faire du pâté de lapin. Mon plat favori!

Il a plu toute la journée.

4 septembre 1812

Chère Constance,

Encore de la pluie! J'ai attrapé deux autres lapins. Je vais donc avoir mon pâté! Maria dit que je suis en train de devenir un vrai garçon manqué avec mes parties de chasse et de pêche. Je lui en ai voulu car tout ce que j'essaie de faire, c'est d'aider. D'ailleurs, elle aussi, elle va à la pêche! Nous y sommes retournées et sommes revenues avec deux autres saumons.

Chère Constance,

Il pleut sans arrêt. Je suis tellement trempée et couverte de boue, quand je sors les vaches, que je dois ensuite me changer au complet. Nous avons moulu les herbes séchées et nous les avons mises dans des pots de terre bien fermés. Puis j'ai travaillé à une chemise que je suis en train de coudre pour Hamilton. Comme j'aimerais qu'il soit ici pour faire les essayages! Maman nous apprend à jouer au whist, mais je m'en fatigue vite. Elle s'inquiète au sujet de Caroline, dont l'accouchement approche à grands pas.

Abbie me manque beaucoup; je me demande ce qu'elle fait. Maman a cessé de me demander pourquoi je n'allais plus la voir.

6 septembre 1812

Chère Constance,

Comme il ne pleuvait pas, pour une fois, nous avons fabriqué du savon dans la cour, même si c'était dimanche. Maman a dit que nous devions en profiter tandis que c'était possible, et que Dieu allait comprendre.

Tabitha a versé la lessive dans le chaudron rempli de suif, puis nous avons laissé cuire le mélange toute la journée. J'avais pour tâche de vérifier la surface et d'ajouter du suif quand le mélange n'avait plus l'air graisseux. À la fin, maman en a versé une louchée dans une assiette creuse et a déclaré que le savon était prêt puisque qu'il était devenu d'un brun doré. Avec la louche, nous avons versé le savon dans des cuvettes et des seaux, puis nous l'avons mis à refroidir à la cave.

Je suis vraiment découragée de n'avoir rien d'autre à raconter que cette histoire de fabrication de savon!

7 septembre 1812

Chère Constance,

Nous avons reçu une lettre de papa, mais il n'y avait rien dedans que nous ne sachions déjà. Tout ce qu'il mentionne, c'est la victoire de Détroit et la trêve. S'il n'y a pas de combats, alors pourquoi Hamilton et lui ne peuvent-ils pas revenir nous voir?

Ce matin, nous avons versé tout le savon refroidi dans un baril. Tabitha me rappelle sans cesse de le brasser un peu chaque fois que je passe à côté.

Puis nous avons dû fabriquer des bougies pour l'hiver. C'est très désagréable. Il faut hacher le gras animal à l'odeur rance et le faire fondre pour en faire du suif. En plus, j'étais fatiguée à force de tremper dans le suif les mèches montées sur des baguettes. Je préfère de beaucoup verser le suif dans les moules, mais Maria avait déjà réclamé cette tâche-là.

Nous avons obtenu 40 douzaines de bougies. Je serai bien contente de les avoir, maintenant qu'il commence à faire trop noir le soir pour écrire sans éclairage.

Chère Constance,

Il est arrivé quelque chose de très excitant : Samuel est ici! Tôt ce matin, je l'ai trouvé caché dans la grange, épuisé, tout sale et les vêtements en lambeaux. Il m'a demandé d'aller chercher Tabitha. Elle a eu un tel choc, quand je lui ai annoncé la nouvelle, qu'elle en a renversé une casserole dans le feu.

Je me suis assise à la table de la cuisine, me demandant ce qui se passait. Tabitha s'est dépêchée de prendre un peu de pain et de fromage à apporter à Samuel. Au bout d'un bon moment, elle est revenue.

Elle m'a avertie de ne rien dire quand maman et Maria descendraient pour le déjeuner. Puis j'ai dû apprendre mes leçons, et ensuite, c'était déjà l'heure du dîner. Plus tard, Tabitha m'a prise à part et m'a tout raconté.

Samuel a déserté la milice et s'est rendu dans l'État de New York. Il aurait pu y rester, mais il est revenu chercher Tabitha. Il veut qu'elle retourne dans l'État de New York avec lui et qu'ils se marient là-bas.

Tabitha est sonnée par la nouvelle, tout comme moi. Elle ne veut pas me dire ce qu'elle va faire et n'arrête pas de me supplier de garder le secret à propos de la présence de Samuel.

Est-ce que Tabitha va nous quitter? Je ne supporte pas cette idée, mais je veux aussi qu'elle soit heureuse. C'est pourquoi je me sens tiraillée. Si seulement ils pouvaient se marier et rester ici! Mais, dans ce cas, Samuel serait tout autant en danger que M. Seabrook. Et, bien sûr, papa n'approuverait jamais ce qu'il fait.

9 septembre 1812

Chère Constance,

Samuel est encore caché dans la grange, et Tabitha ne m'a toujours pas dit ce qu'elle allait faire. Je l'aide à apporter à manger à Samuel. C'est un timide, et il baisse les yeux quand il marmonne ses remerciements.

Nous avons passé toute la journée à ramasser des betteraves, des concombres, des carottes et des navets, et à les mettre dans des barils qui seront entreposés dans la cave à légumes. Tabitha et moi étions tellement silencieuses que maman nous a demandé si nous étions malades. Je suis malade, oui, malade d'anxiété à me demander ce que va décider Tabitha. Je brûle d'envie de lui poser la question, mais je ne le fais pas parce que je crains sa réponse.

10 septembre 1812

Chère Constance,

Samuel est parti. Tabitha ne l'a pas suivi. Elle lui a dit qu'elle n'était pas capable d'aller vivre dans un pays qui combat son roi et qu'elle ne pouvait pas nous laisser nous débrouiller toutes seules en temps de guerre. Je suis touchée de la savoir si attachée à notre famille.

Ce soir, à la cuisine, elle a enfoui sa tête dans ses bras, sur la table, et elle s'est mise à pleurer. C'est la première fois que cela lui arrive depuis que je la connais. Tout ce que je pouvais faire, c'était de lui tapoter l'épaule en signe de compassion. J'ai tant de peine pour elle! Mais je suis un peu égoïste, parce que je suis soulagée qu'elle ne nous quitte pas.

Peut-être que Samuel reviendra après la guerre. Nous ne savons pas si la trêve dure toujours, mais cela signifie peut-être que la guerre sera bientôt finie. J'ai dit tout cela à Tabitha, mais je n'ai pas réussi à lui remonter le moral.

11 septembre 1812

Chère Constance,

Tabitha fait son travail calmement, comme si de rien n'était. Elle est très courageuse. Toutefois, le matin, ses yeux sont rouges d'avoir trop pleuré. Elle a dit à maman qu'elle avait le rhume.

Nous entassons du bois dans la maison, en prévision des froides journées d'hiver. Heureusement, Hamilton nous en a laissé une bonne quantité. Tabitha m'a appris à fendre le bois, mais je ne suis pas assez forte pour bien le faire. Maman dit que c'est Maria qui doit le fendre. À ma grande surprise, ma sœur l'a fait sans regimber. La guerre est en train de la rendre moins paresseuse.

12 septembre 1812

Chère Constance,

Nous avons passé toute la journée à ramasser du maïs. J'ai les doigts tout engourdis, et mon nez est tout rouge.

Je suis très fâchée contre Maria parce qu'elle a arraché une page de ce journal afin d'écrire à Charles. J'ai déjà utilisé plus de la moitié des pages, et chaque feuille est précieuse. En plus, j'ai peur que Maria ait lu mon journal, même si elle affirme que non. La seule personne à qui je donnerai la permission de lire ce journal, c'est Hamilton. Quand je pense à lui, en train d'écrire son *propre* journal ce soir, peut-être sur un champ de bataille, je ne peux retenir quelques larmes.

13 septembre 1812

Chère Constance,

Je voudrais que ma main soit capable d'écrire plus vite, tant j'ai hâte de te raconter ce qui est arrivé aujourd'hui.

Abbie est venue chez nous! Elle avait très chaud quand elle est arrivée. Je lui ai donné à boire, puis je l'ai emmenée à la balançoire.

Elle m'a dit que l'absence de son père avait été découverte! Il a reçu un avertissement : s'il ne paie pas l'amende pour avoir déserté, on va l'arrêter. L'amende est de 20 livres.

« Nous n'avons pas une telle somme d'argent! m'a dit Abbie en sanglotant. Mon pauvre papa! »

Elle n'arrêtait pas de pleurer. Maman est sortie pour aller au puits et elle a demandé ce qui se passait. Abbie n'a pas pu se retenir et lui a tout raconté.

Maman l'a emmenée à la cuisine et lui a lavé le visage. Puis elle nous a dit de l'attendre là. Quelques minutes plus tard, elle est descendue, un paquet à la main.

« Voilà la somme demandée, Abbie, a-t-elle dit. Va dire à ton père de prendre cet argent pour payer l'amende. »

J'en suis restée bouche bée. Puis je lui ai demandé comment il se faisait qu'elle avait de l'argent à elle. Elle m'a répondu qu'elle l'avait emporté de Caroline du Sud, il y a des années, et l'avait gardé caché dans sa chambre en cas d'urgence.

Abbie ne pouvait pas croire qu'on puisse être aussi généreux. Maman lui a dit qu'elle était heureuse d'aider un compatriote. Puis elle nous a fait promettre solennellement de ne jamais le dire à papa.

J'ai ramené Abbie chez elle, sur le dos de Sukie, et je l'ai laissée au bout de leur chemin. Elle a couru à toute allure pour aller montrer l'argent à ses parents. Moi, je suis rentrée à la maison sans me presser, très perplexe.

Je suis fière de ce que maman a fait. Mais papa et elle ont toujours été d'accord sur tout. Il serait très fâché s'il l'apprenait, et je n'aimerais pas qu'il y ait un désaccord entre eux. J'espère de tout cœur qu'il ne découvrira jamais ce secret.

Ce soir, maman m'a prise à part et m'a dit que nous n'en reparlerions plus jamais. « Je devais le faire, mais cela ne doit pas te causer de souci », a-t-elle dit. Je l'ai embrassée, impressionnée par son courage.

14 septembre 1812

Chère Constance,

M. Seabrook est venu ici, afin de remercier maman pour l'argent. Il a dit qu'il commencerait à la rembourser l'année prochaine, quand il vendra sa première récolte de blé. Puis il a abattu des cochons pour nous. Il m'a dit que je pouvais retourner chez eux toutes les fois que j'en aurais envie, alors je vais y aller demain. Je me demande si, maintenant, il va retourner à la guerre.

Tabitha broie encore du noir. Elle ne chantonne plus en faisant son ouvrage, contrairement à son habitude, et elle ne nous raconte plus d'histoires, non plus. Maman lui a demandé ce qui n'allait pas, mais elle n'a pas desserré les lèvres.

Bien sûr, je ne pouvais rien dire, moi non plus. Alors j'ai deux lourds secrets à garder : celui de Tabitha et de Samuel, et celui de maman, qui a donné de l'argent à M. Seabrook.

15 septembre 1812

Chère Constance,

J'ai passé tout l'après-midi chez Abbie et j'ai fait les mêmes choses que d'habitude : je l'ai aidée dans ses tâches ménagères, je me suis occupée de Paul et Johnny, et j'ai travaillé à nos poupées. Faire des choses ordinaires fait tellement de bien!

Nous avions pas mal de temps à rattraper, puisque nous n'avions pas passé autant de temps ensemble depuis le mois d'août. Abbie était très impressionnée quand je lui ai parlé de la visite du général Brock, et de Samuel qui s'était caché dans notre grange. Je ne lui ai rien dit à propos d'Ellis. J'ai trop peur qu'elle en profite pour me taquiner.

Abbie a dit qu'un soldat britannique était venu ce matin et que M. Seabrook lui avait remis l'argent de maman. S'il ne l'avait pas fait, il aurait été obligé de suivre le soldat. Maintenant, Abbie pense que l'affaire est réglée, car il y a encore une permission pour tous les hommes.

Est-ce que cela veut dire que papa et Hamilton vont revenir nous voir? Au moment où je suis partie, M. Seabrook jouait à faire tournoyer Paul et Johnny dans les airs. Papa avait l'habitude de faire la même chose avec moi.

16 septembre 1812

Chère Constance,

Ce soir, j'ai découvert que Maria avait encore arraché une page de mon journal! J'étais très en colère et je l'ai menacée de tout dire à maman. Puis j'ai ajouté quelque chose de cruel, que je regrette maintenant. Je lui ai dit que ce n'était pas convenable pour elle d'écrire à Charles, puisqu'il n'y a pas aucun engagement entre eux.

Maria s'est mise à pleurer. Elle sait qu'elle ne doit pas lui envoyer des lettres, mais cela lui fait du bien d'écrire quand même à Charles. « J'ai l'impression que je peux lui parler, a-t-elle dit, à travers ses sanglots. Et quand la guerre sera finie, peut-être que nous nous engagerons l'un envers l'autre. Je pourrai alors lui remettre ce que je lui aurai écrit, et il saura à quel point il m'a manqué. »

Comme je compatis avec elle, Constance! Cela soulage, d'écrire. J'ai connu bien des sentiments contradictoires depuis le déclenchement de cette guerre. Si je n'avais pas pu te les raconter, je crois que j'aurais fini par exploser.

Maria est tellement amoureuse de Charles et est tellement certaine qu'un jour, il va demander sa main, que j'ai été incapable de rester fâchée plus longtemps. Je lui ai dit que j'allais lui donner une feuille blanche par semaine et qu'elle pourrait utiliser mes plumes et mon encre à la betterave, à condition de m'aider à en refaire quand il n'y en aura plus. Je l'ai suppliée d'écrire le plus petit possible. Il est impossible de se procurer du papier en ce moment, et je ne voudrais pas être obligée de cesser de t'écrire.

17 septembre 1812

Chère Constance,

Ce soir, à la brunante, je suis allée m'asseoir sur la balançoire. Jack sommeillait, et Souricette s'amusait à grimper sur son dos et à lui attaquer la queue. Il est tellement habitué à elle qu'il ne bat de la queue que quelques secondes. L'air était rempli du chant des cigales, et les lucioles voletaient dans la pénombre. Les tourterelles tristes roucoulaient doucement dans les arbres. Les tournesols que j'ai semés au printemps sont maintenant plus hauts que moi.

Je souhaite ne jamais quitter ma maison et je prie pour que cette satanée guerre ne vienne jamais en troubler la paix.

18 septembre 1812

Chère Constance,

Tabitha est un peu plus joyeuse. Elle a dit qu'elle allait s'en remettre à Dieu et prier dans l'espoir qu'à la fin de la guerre, Samuel lui reviendra. Puis elle m'a raconté mon histoire préférée, un conte qui s'intitule

Tom Tit Tot. J'ai tellement ri que j'en avais mal au ventre.

J'ai fini les trois tomes de *Raison et sentiments.* J'ai aimé l'histoire encore plus que la première fois. Je trouve que je ressemble à Élinor, toujours très posée, et que Maria agit de manière aussi ridicule que Marianne. Je le lui ai dit, et elle m'a répondu que c'était moi qui étais ridicule de parler ainsi. Elle était en train de faire sa toilette, et je l'ai éclaboussée avec l'eau de la cruche. Nous avons eu une bonne bataille d'eau jusqu'à ce que maman arrive dans la chambre. Elle nous a grondées parce que nous étions trempées et nous a dit de nous mettre au lit.

19 septembre 1812

Chère Constance,

J'ai demandé à maman si elle croyait que papa et Hamilton allaient venir ici, en permission. Elle a répondu qu'ils ne pourraient probablement pas se libérer puisqu'ils sont officiers. Quand je lui ai dit à quel point ils me manquaient, elle m'a répondu qu'ils lui manquaient aussi et m'a rappelé que nous devions toutes nous montrer courageuses.

J'en ai assez d'être courageuse et de bonne humeur! Par moments, je voudrais hurler de colère contre cette guerre! Mais, bien sûr, je ne peux pas.

20 septembre 1812

Chère Constance,

Une lettre de papa nous est arrivée, aussi courte et décevante que les autres et ne nous annonçant rien de particulier. Le soldat qui nous l'a apportée était David Putman, qui était à l'école avec moi, il y a trois ans. J'ai essayé de le faire parler un peu plus de mon père et de mon frère. Il m'a regardée d'un air hautain et a répondu : « Je ne peux rien te dire ». Quel prétentieux!

Le temps se rafraîchit et, aujourd'hui, j'ai porté mon jupon de laine. Nous avons mangé du rôti de porc pour le dîner et nous en sommes très reconnaissantes à M. Seabrook.

Abbie et moi avons terminé notre famille de poupées. Il y en a cinq : une maman, un papa, une fillette, un garçonnet et un bébé. Elles sont toutes très jolies, vêtues des habits que nous leur avons cousus.

Maria dit que je passe trop de temps à m'amuser et que je devrais faire ma corvée de couture pour ma famille plutôt que de coudre pour des poupées.

« On croirait entendre Caroline! » lui ai-je lancé.

Cela l'a mise en colère. « Je veux seulement que tu m'aides à coudre la nouvelle courtepointe, m'a-t-elle répondu. J'y travaille toute seule, et ce n'est pas juste. »

Je suppose qu'elle a raison, mais je ne suis pas obligée de l'écouter. À moins que maman s'y oppose, je vais continuer de passer du temps avec Abbie.

21 septembre 1812

Chère Constance,

Tout comme cela s'est produit pour notre blé, nous allons perdre la plus grande partie de notre récolte de pommes, car il est impossible pour nous de les cueillir toutes. Jour après jour, nous remplissons autant de paniers que nous le pouvons, mais il y en a beaucoup qui pourrissent par terre.

Maman a décidé de ne pas essayer de moissonner l'orge et le seigle car, même avec l'aide de M. Seabrook, nous n'arriverions pas à en récolter une grande quantité. C'est inquiétant : si la guerre continue, nos provisions vont s'épuiser, et alors, que ferons-nous?

J'ai remarqué que ma robe était devenue trop courte, alors je me suis mesurée en me plaçant contre le cadre de la porte. J'ai finalement grandi de deux bons pouces! Dans 16 jours, j'aurai 12 ans. Peut-être que papa va m'apporter un cheval pour mon anniversaire.

Mais papa n'est pas là, bien sûr, et il y a la guerre et mon anniversaire n'a aucune importance.

22 septembre 1812

Chère Constance,

Il ne me reste plus une minute pour étudier, coudre, ou jouer avec Abbie. Toute la journée, nous n'avons rien fait d'autre que de la compote de pommes et du cidre. M. Seabrook est venu chez nous avec sa charrette et il a pris les paniers de pommes que nous lui avons donnés. Il a abattu un autre cochon pour nous, et Maria et moi avons encore attrapé des saumons. Maman est fière de la façon dont nous nous sommes débrouillées jusqu'à maintenant, mais elle craint encore de ne pas avoir assez de nourriture pour tenir tout l'hiver.

23 septembre 1812

Chère Constance,

J'ai aidé Tabitha à fumer des jambons. Puis j'ai apporté un seau dans la forêt et j'ai recueilli un rayon de miel d'une ruche que j'avais repérée au printemps. Comme les abeilles bourdonnaient autour de moi, j'ai enroulé un voile autour de ma tête et je ne me suis pas fait piquer.

Quand j'ai le temps, je me plonge dans la lecture d'un très gros livre que papa a reçu quand il était enfant et dont l'auteur est John Foxe. C'est une histoire de l'Église protestante, qui mentionne tous ceux qui sont morts martyrisés en son nom. Je dois t'avouer que je trouve cette lecture difficile et ennuyeuse, surtout après avoir lu *Raison et sentiments*.

24 septembre 1812

Chère Constance,

Maman m'a dit que je n'étais pas obligée de continuer ma lecture du livre de Foxe, que j'étais trop jeune pour cet ouvrage. À la place, j'ai commencé à lire son recueil de poèmes de Walter Scott. Quand je reviens du potager avec les légumes, je m'offre le plaisir d'en lire quelques lignes.

Le livre sur les martyrs était un des livres préférés de Caroline. Nous pensons beaucoup à elle, car son bébé devrait naître dans un mois. Je regrette profondément de ne pas avoir été gentille avec elle quand elle est venue nous voir. Je me sens beaucoup plus sage, maintenant. Caroline me manque. J'ai peine à croire qu'elle sera bientôt maman, et que Maria et moi serons tantes!

Nous avons préparé plusieurs barils de marinades d'oignons et de cornichons. Difficile de croire que l'hiver approche, car il s'est remis à faire chaud.

25 septembre 1812

Chère Constance,

Nous ne savons pas si la trêve dure encore. Nous ne recevons jamais de nouvelles! Mais, comme dit maman, pas de nouvelles, bonnes nouvelles!

Abbie et moi avons fait une longue promenade sur Sukie, tandis que Jack sautait tout autour de nous. Les feuilles des arbres sont en train de prendre de belles teintes rouges et orangées. Nous avons discuté du général Brock et de Tecumseh. « C'est certain que nous allons vaincre les Américains, avec ces deux héros pour nous diriger. »

« Je suis américaine », m'a rappelé Abbie, d'un ton sec.

Je ne savais pas quoi lui répondre. Toute ma confusion est revenue. J'ai pensé à Catherine, qui est maintenant dans l'État de New York, et à Hamilton qui en est amoureux et qui doit combattre ses compatriotes à elle. J'ai pensé à la loyauté de papa et de Tabitha envers le roi, à maman qui a aidé M. Seabrook à échapper aux combats et à Samuel qui est retourné dans sa mère patrie.

Et moi, à qui va ma loyauté? Je ne le sais pas, et c'est pour cela que je dis, encore une fois, que c'est une guerre bien compliquée.

26 septembre 1812

Chère Constance,

Je n'ai rien à te raconter, sinon que nous avons passé toute la journée à faire des confitures. Je me rends compte aussi que j'ai déjà utilisé beaucoup plus de la moitié des pages de ce carnet, puisque j'ai dû en sacrifier à Maria.

J'ai donc décidé, malgré ma promesse à Hamilton, que j'allais écrire seulement quand j'aurais quelque chose d'important à raconter. La prochaine fois que je verrai Hamilton (quand est-ce que ce sera, mon Dieu?) je vais lui demander de me trouver un autre carnet.

6 octobre 1812

Chère Constance,

Aujourd'hui, c'est l'anniversaire du général Isaac Brock, et demain, ce sera le mien. Mais je suis démoralisée, car personne n'en a parlé, jusqu'à maintenant. Ils veulent peut-être me faire une surprise. Peut-être que papa s'est souvenu du cheval et va me l'envoyer demain. Mais il y a plus de deux semaines que nous n'avons plus eu de nouvelles de lui.

Papa ne sait même pas que j'ai tant grandi. Hamilton et lui sont probablement trop pris par les combats pour se rappeler mon anniversaire. Je me demande si quelqu'un a pensé à celui du général Brock.

7 octobre 1812

Chère Constance,

J'essaie d'écrire calmement, dans l'espoir de surmonter mon inquiétude. Maman est partie. Tôt ce matin, Peter, le frère de James, est arrivé en voiture de Burlington. Je ne l'ai rencontré qu'une seule fois, au mariage de James et Caroline. Il a 13 ans. Il a voyagé toute la nuit afin de venir nous avertir que Caroline avait eu son bébé plus tôt que prévu et qu'elle était très malade. La mère de Peter en prend soin, mais Caroline n'arrête pas de réclamer maman, et *elle ne survivra peut-être pas!*

Peter est venu chercher maman afin de l'amener à Burlington. C'est risqué, avec la guerre, mais elle n'a pas le choix. Elle a fait ses bagages à toute vitesse et, après avoir déjeuné avec nous, Peter et elle sont partis.

Le bébé est petit, mais en bonne santé. C'est une fille, et elle n'a pas encore de nom. Ma nièce! Autant je suis heureuse de cet événement, autant je suis inquiète au sujet de Caroline. Je souhaiterais l'avoir mieux aimée! Je n'arrête pas de penser à sa gentillesse d'autrefois et, une fois de plus, j'ai honte de lui avoir joué un mauvais tour. Je n'ai pas été une bonne sœur pour elle et maintenant, je risque de la perdre.

Ce soir, avant de nous coucher, Maria et moi nous sommes agenouillées à côté de notre lit et nous avons longtemps prié pour Caroline. Maintenant, Maria dort, mais je me suis levée afin d'écrire dans ces pages.

Je vous en prie, mon Dieu, faites qu'elle aille mieux. Je vous en prie, mon Dieu, veillez bien sur maman et Peter, tout au long de leur voyage. Je vous en prie, mon Dieu, aidez-moi à être courageuse. Maman m'a dit d'être courageuse, quand elle est partie, mais j'ai l'impression qu'il ne me reste plus beaucoup de réserves de courage. Et puis, il y a trop de choses pour lesquelles il faut prier, et je ne sais pas comment Dieu peut avoir le temps d'écouter tout ça.

8 octobre 1812

Chère Constance,

Je me suis réveillée ce matin et je me suis rappelée que c'était mon anniversaire hier. J'ai 12 ans. Je l'avais complètement oublié. Les autres aussi, bien sûr.

Nous avons été malheureuses toute la journée, vaquant à nos occupations sans entrain et essayant de ne pas nous mettre à pleurer ni de nous inquiéter. C'est étrange et effrayant d'être ici toute seule avec Maria et Tabitha. Ce soir, nous nous sommes réfugiées dans le salon et nous avons lu la Bible. Un loup a hurlé, et nous nous sommes serrées les unes contre les autres, mortes de peur.

Je l'entends encore, en ce moment même. C'est peut-être le loup que j'ai vu dans la forêt.

Mes larmes tachent la page, alors je vais arrêter d'écrire et aller me coucher.

9 octobre 1812

Chère Constance,

Dehors, la tempête fait rage. Le vent souffle si fort que j'ai l'impression que notre toit va être arraché. Mais nous avons fait un bon feu, et Tabitha nous a montré une chanson très entraînante. Nous l'avons chanté à tue-tête afin de couvrir le bruit du vent et de la pluie battante.

Toutefois, je n'ai pas pu chanter beaucoup, car j'ai mal aux dents. Tabitha m'a fait boire une tisane de camomille afin de me soulager.

11 octobre 1812
Niagara

Chère Constance,

Oui, je suis à Niagara! Il s'est passé tant de choses que je vais avoir du mal à écrire assez vite pour tout te raconter.

Après une nuit presque sans sommeil, mon mal de dents ne faisait qu'empirer. J'avais l'impression qu'un clou chauffé à blanc était planté dans ma mâchoire. Tabitha a dit qu'il fallait arracher la dent. Maria m'a tenu la tête, et Tabitha a pris une pince.

Plus elle tirait, plus je hurlais. Hélas, la dent s'est cassée! Nous pleurions, toutes les trois, tandis que Tabitha me faisait boire du brandy.

J'étais étendue dans mon lit à me plaindre quand papa est arrivé! Il m'a caressé les cheveux en nous racontant ses nouvelles. Caroline va mieux! Un des hommes de papa, qui se trouvait à Burlington, le lui a annoncé. Papa est venu ici pour nous l'apprendre, sachant que nous étions seules et probablement très inquiètes. Il a dit que maman allait rester avec Caroline jusqu'à ce qu'elle soit plus forte, mais que Caroline est définitivement tirée d'affaire.

Papa s'est ensuite attaqué à mon problème. Il a décidé de m'emmener à Niagara et d'y faire extraire ma dent par le chirurgien de l'armée. Pendant que je regardais Maria préparer mon petit sac de voyage, je suis arrivée à lui demander de mettre dedans ce journal, une plume et une bouteille de mon encre à la betterave.

Nous sommes partis sans tarder. Papa m'a enroulée dans une couverture et m'a tenue devant lui pendant que nous galopions. De la boue nous éclaboussait le visage et, à cause du mouvement saccadé du cheval, j'avais tellement mal que j'ai failli tomber dans les pommes. Papa me murmurait continuellement des paroles d'encouragement. Je me sentais en sécurité dans ses bras.

Il s'est rendu d'une traite au fort George. Le docteur Thorn m'a fait boire encore un peu de brandy et il a incisé ma gencive afin d'extraire le reste de ma dent. Je l'entendais gratter l'os avec son instrument et j'ai eu un haut-le-cœur quand le sang chaud s'est mis à couler dans ma bouche. J'ai serré la main de papa, mais il fallait que je crie quand même et je nous ai éclaboussés de sang, tous les deux. Je n'ai jamais eu aussi mal de ma vie et je ne suis plus capable de te parler de cette pénible expérience qui, je l'espère, ne se reproduira plus jamais.

Ensuite, papa m'a emmenée chez lui, où on m'a mise au lit. J'ai dormi jusqu'au soir. Puis Hannah m'a fait prendre un bain devant la cheminée, à la cuisine. Il fallait me voir, couverte de sang et de boue! Hannah était beaucoup moins bourrue que d'habitude. Elle m'a même dit « ma pauvre petite chouette ». J'ai réussi à avaler un peu de soupe et je suis retournée me coucher.

Ce matin, je me sens beaucoup mieux, même si j'ai très mal à la mâchoire. Papa et Hamilton sont venus m'embrasser dans ma chambre avant de partir pour le fort. J'étais tellement heureuse de revoir Hamilton! Je viens de manger un œuf à la coque.

Plus tard

Chère Constance,

J'ai passé l'avant-midi à lire et à me promener un peu partout dans la maison. J'ai aussi passé un peu de temps avec Hannah. Je l'ai aidée à abaisser de la pâte pour un pâté à la viande. Puis j'en ai eu assez et je me suis assise à la fenêtre.

La ville a énormément changé depuis ma dernière visite ici. Il n'y a presque personne dans les rues. Hannah m'a dit que beaucoup de femmes et d'enfants avaient été emmenés ailleurs, mais que, elle, elle avait refusé de partir.

J'ai tellement sommeil que je vais aller faire une petite sieste. Le lit me semble trop grand, sans Maria. À mon souvenir, c'est la première fois que je dors seule.

Plus tard

Je viens de voir Ellis! Il sortait de chez le général Brock. J'ai frappé à la fenêtre, et il a été très surpris de m'apercevoir! J'aurais aimé qu'il vienne à la maison me dire bonjour, mais il m'a simplement envoyé la main, puis il s'est éloigné à toute vitesse. Il avait l'air préoccupé, comme d'habitude. J'espère vraiment que je vais le revoir.

Plus tard

Je n'ai pas vu papa ni Hamilton de toute la journée. Hannah est allée se coucher de bonne heure et elle m'a envoyée me coucher, moi aussi, mais je n'étais pas capable de dormir. Je n'avais presque plus mal à la mâchoire et j'avais fait une si longue sieste que je n'étais pas fatiguée du tout.

J'ai fait le guet à la fenêtre, dans l'espoir de revoir Ellis. Je somnolais sur ma chaise et je me suis réveillée deux fois parce que j'en étais tombée. J'ai d'abord entendu papa et Hamilton, qui sont rentrés très tard. Puis, encore plus tard, j'ai entendu le pas d'un cheval, et j'ai vu le général Brock qui descendait d'Alfred et entrait chez lui. Il était enroulé dans sa cape, car il a recommencé à pleuvoir très fort. Je n'ai donc pas pu voir son visage.

J'ai allumé une bougie afin d'écrire dans ces pages. Je viens juste de jeter encore un coup d'œil par la fenêtre. La ville est plongée dans le silence. On n'entend que le bruit de la pluie qui tombe. On dirait que le temps est suspendu, comme si quelque chose se

155

préparait.

Chère Constance,

Ma main tremble et tu auras probablement du mal à lire mon écriture chevrotante. Pourtant, il faut absolument que je te raconte ce que je viens de faire. C'est peut-être la chose la plus importante que j'ai faite de toute ma vie.

Je dormais profondément et rêvais que je me faisais attaquer par des moustiques géants qui bourdonnaient autour de ma tête en faisant tout un vacarme. Je me suis réveillée et me suis rendu compte que le bruit venait de quelque chose qui frappait la fenêtre de ma chambre. Je m'y suis précipitée pour voir de quoi il s'agissait. Ellis était en bas, des cailloux plein la main. C'était juste avant l'aube.

« Suzanne! a-t-il dit quand j'ai ouvert la fenêtre. S'il te plaît, descends! » Il est retourné chez lui en courant.

J'ai hésité. Qu'est-ce que c'était, que cette folie? Il faisait encore noir, le vent soufflait et la pluie tombait drue. Mon lit était si chaud! Mais j'étais incapable de résister au ton suppliant d'Ellis. J'ai enroulé un châle par-dessus ma robe de nuit, et j'ai enfilé mes chaussures. Puis je me suis glissée hors de la maison et j'ai frappé à la porte du général Brock. Mon cœur battait très fort.

Ellis m'a fait entrer et m'a prise par la main pour me conduire dans la cuisine. Il était très agité, les yeux brillants, les cheveux encore plus ébouriffés que d'habitude et le visage complètement blafard.

Le général Brock était à la cuisine, en train d'enfiler sa redingote. Porter lui tendait une tasse de café. Soudain, je me suis sentie terrifiée. Qu'est-ce que je faisais là, en train d'importuner ce monsieur important? J'ai essayé de m'en aller avant qu'il m'aperçoive, mais il a relevé la tête et m'a souri.

D'une voix posée, le général m'a demandé ce que je faisais à Niagara, et dans sa maison. Je me suis confondue en excuses, lui expliquant en bégayant l'histoire de ma dent. Je lui ai dit qu'Ellis m'avait demandé de venir, mais que je ne savais pas pourquoi.

Ellis a baissé les yeux. « J'ai emmené Suzanne ici pour qu'elle puisse vous dire au revoir », a-t-il marmonné.

Le général était en train d'enfiler ses bottes. Il a lancé à Ellis un regard perçant, puis lui a dit qu'il était étrange. C'est vrai qu'il est étrange, me suis-je dit : pourquoi était-ce si important que je vienne dire au revoir au général?

C'était difficile de croire que le général Brock nous parlait si calmement alors que, visiblement, il était pressé de partir. Je me suis risquée à lui demander où il allait. Il m'a répondu qu'il se rendait à Queenston, où les combats avaient commencé. « Vous n'entendez pas les coups de fusil? » nous a-t-il demandé.

J'ai tendu l'oreille et, en effet, on entendait un grondement dans le lointain, étouffé par le vent et la pluie. Un frisson m'a parcouru le corps. Le général Brock nous a dit qu'il n'avait pas fermé l'œil de la nuit. « Qui veille sur autrui n'a pas droit au repos! » a-t-il lancé en riant.

Son regard était aussi fiévreux que celui d'Ellis. Ils étaient tous les deux tendus comme des ressorts sur le point de se distendre. Mais, en même temps, les préparatifs du général semblaient se dérouler très lentement, comme si le temps avait été suspendu.

Le général Brock a mis une longue ceinture fléchée autour de sa taille. Il nous a dit que Tecumseh la lui avait offerte. Il a mis son grand chapeau de général, puis il s'est levé (quel géant!) et il a demandé ceci : « Mlle Suzanne, auriez-vous l'obligeance de me ceindre l'épée afin de me porter chance? »

Je ne voulais pas le faire. Je ne voulais pas qu'il porte son épée, un point c'est tout, parce que cela voulait dire qu'il irait au combat et risquerait de mourir. Je sentais que j'en avais plus qu'assez de ces épées et de ces batailles et de cette guerre qui m'avait séparée de ceux que j'aime.

Mais comment aurais-je pu refuser? J'ai jeté un coup d'œil du côté d'Ellis, qui me regardait d'un air suppliant. Le général Brock me souriait toujours, et j'ai dû faire ce qu'il me demandait. L'immense admiration que j'ai pour lui l'a emporté sur ma réticence.

J'ai hoché la tête, et il m'a soulevée de terre et posée debout sur une chaise. Ellis m'a tendu l'épée, qui était glissée dans son fourreau de cuir ornementé. Je la tenais, quand le général Brock a dit : « Non, celle-ci ne convient pas. Ellis, va me chercher l'autre ».

Ellis s'est précipité hors de la pièce et est revenu presque aussitôt, tenant un long sabre à la lame recourbée. Il me l'a tendu, et mes bras ont fléchi sous son poids. Le sabre était beaucoup plus lourd que la première épée. Ellis a dû le tenir en place tandis que je refermais la boucle. Il ne m'a fallu que quelques minutes, mais elles m'ont semblé des heures. Le général Brock m'a remerciée et m'a embrassée sur le front. Puis il m'a remise par terre. Au moment où il quittait la pièce, Porter lui a tendu une cape sombre. Nous l'avons accompagné jusqu'à la porte d'entrée. Ses aides de camp, Macdonell et Glegg, l'attendaient dehors. Alfred était sellé, et leurs chevaux à eux étaient prêts aussi. Le général a enfourché sa monture et a donné à ses hommes des ordres que je n'ai pas tout à fait compris. Je l'ai entendu dire que le gros des troupes resterait au fort George, au cas où l'attaque de Queenston ne serait qu'une tentative de diversion. Cela m'a soulagée : peut-être que papa et Hamilton n'auraient pas à se battre.

Le général Brock nous a dit au revoir et il est parti au galop dans la nuit venteuse, sa cape flottant derrière lui. Les deux autres hommes sont montés sur leur cheval et se sont précipités vers le fort. Ellis et moi sommes retournés dans l'entrée, à l'abri de la pluie glaciale. Durant quelques minutes, nous sommes restés là, debout, sans rien dire. Ellis avait un drôle de regard, fixé dans le vide, le même regard qu'il avait eu l'autre fois, dans notre verger.

« Pourquoi m'as-tu demandé de venir ici? » lui ai-je demandé, histoire de le sortir de l'état de stupeur dans lequel il semblait être.

« J'ai pensé que tu pourrais lui porter chance, a-t-il

marmonné. C'était mon dernier espoir. Je te l'ai déjà dit, Suzanne : tu portes chance. Même le général Brock a dû le percevoir, et c'est pourquoi il t'a demandé de lui ceindre l'épée. »

Puis la voix d'Ellis s'est étranglée. « Mais la chance que tu lui apportes ne sera pas suffisante. Elle ne lui permettra pas d'échapper à son destin. Nous ne le reverrons plus jamais. »

Je lui ai demandé comment il pouvait savoir cela. « Je ne fais rien pour le savoir! a-t-il crié. Je le sais, c'est tout! » Il s'est précipité dans l'escalier. Je suis revenue ici, le cœur rempli de frayeur et d'étonnement.

Je ne sais pas quelles forces possède cet étrange garçon, mais je prie pour que sa prémonition soit fausse. Je vous en prie, mon Dieu, faites que mon geste pour le général Brock lui porte chance.

Plus tard

Nous sommes maintenant au fort George. Hamilton nous a réveillées à six heures du matin et nous a dit que nous devions aller nous mettre à l'abri dans l'enceinte du fort. Hannah a rassemblé, en rouspétant, quelques couvertures et des vivres.

Hamilton nous a fait monter dans la voiture, Hannah, moi et Ellis, que Porter avait envoyée chez nous au cas où lui-même serait obligé d'aller se battre. En toute hâte, j'ai glissé ce journal, une plume et de l'encre dans mon sac. La seule chose qui m'aide à rester calme, c'est de t'écrire.

Quand nous sommes arrivés dans la plaine, nous avons vu un grand nombre de soldats rassemblés. Les uns après les autres, ils traversaient la plaine en direction du fort. Un groupe considérable de guerriers indiens se dirigeait déjà vers Queenston, le visage tatoué de rouge et de noir.

À ma grande déception, Hamilton m'a dit que papa et lui devaient, eux aussi, partir pour Queenston sur-le-champ. Je me suis accrochée à lui si fort qu'il a eu du mal à desserrer mon étreinte. Il avait les yeux pleins de larmes quand il m'a embrassée avant de partir, et l'intensité de son regard m'a glacé le sang. Je me demande si je reverrai mon très cher frère.

Nous sommes enfermés dans les casernes des soldats, avec l'interdiction d'en sortir. Hannah aide les autres femmes à préparer le gruau pour le déjeuner. On m'a demandé de m'occuper des petits. Pendant un moment, je leur ai montré comment faire des figures avec leurs doigts et de la ficelle, mais je n'avais pas vraiment le cœur à jouer.

Il fait noir ici, et il y a une forte odeur de couches de bébés. Je suis assise dans un coin, près d'un fanal, au moment où j'écris ces lignes. Ellis est affalé à côté de moi. Il refuse de manger et de parler, et se contente de rester assis là, son regard tourmenté fixé dans le vide.

Au milieu de l'avant-midi

Je prends quelques minutes pour te raconter ce qui suit, car je ne sais pas si j'aurai encore du temps pour t'écrire.

On nous a tiré dessus! Quand nous avons entendu les canons, Ellis et moi avons couru à l'étage supérieur de la caserne. De là, nous avons vu quelque chose d'horrible. De la fumée sortait de la bouche des canons du fort Niagara et, en contrebas, nos canonniers ripostaient. Je me suis bouché les oreilles pour ne plus entendre ce bruit assourdissant. Quelques maisons brûlaient, ici et là dans la ville, et je me suis demandé si celle de papa avait été touchée.

J'étais terrifiée en voyant des boulets de canon qui venaient s'écraser au beau milieu de notre fort. Puis nous nous sommes aperçus qu'un boulet chaud avait mis le feu à un des bâtiments. « Viens! m'a crié Ellis. Il faut aller les aider! » Il a dévalé l'escalier. Je suis restée figée de peur pendant quelques secondes. Je ne pouvais quand même pas le laisser y aller tout seul.

Hannah a tenté de me retenir quand je suis passée devant elle, mais j'ai réussi à lui échapper et je suis sortie de la caserne sur les talons d'Ellis. Des soldats faisaient la chaîne avec des seaux d'eau. Ellis et moi nous sommes joints à eux. Il fallait nous y prendre à deux pour tenir un seul seau, et je ne sentais plus mes bras, mais nos efforts ont porté fruit, car le bâtiment a été sauvé.

Puis quelqu'un a crié que la poudrière avait été touchée! Nous nous sommes précipités de ce côté et nous avons vu des hommes juchés sur le toit, en train d'arroser les flammes qui jaillissaient de partout. Je ne dois pas penser à ce qui aurait pu arriver si les barils de poudre qui se trouvaient à l'intérieur avaient pris feu.

Quand les deux incendies ont été maîtrisés, nous sommes restés derrière les soldats, à essayer de reprendre notre souffle. Le visage d'Ellis était tout barbouillé de suie, et ses yeux étaient rougis par la fumée, tout comme les miens sans aucun doute. Mon cœur battait très fort, mais c'était de fatigue et d'excitation, plutôt que de peur. Ellis m'a montré du doigt le major général Sheaffe. Comme nous craignions que quelqu'un ne nous renvoie dans notre caserne, nous nous sommes discrètement glissés derrière un bâtiment afin de pouvoir l'observer. Le général était en train de rassembler un fort contingent de soldats britanniques. Ils ont quitté le fort à toute allure, sans doute pour aller se battre à Queenston.

Ellis m'a fait remarquer que le général avait l'air très préoccupé et a dit qu'il avait probablement reçu de mauvaises nouvelles.

« Ce n'est que ton imagination! » ai-je répliqué, en colère. Ellis m'agace avec sa tendance à toujours envisager le pire.

Puis un officier nous a remarqués et nous a ordonnés de rentrer dans la caserne.

Nous entendons toujours les boulets de canon siffler, car la bataille continue. Les petits ont peur et pleurnichent dans les bras de leurs mères, qui tentent de les rassurer. Hannah nous a grondés très fort pour avoir osé sortir. Elle nous a formellement interdit de recommencer.

Plus tard

Je me trouve en plein cœur de la guerre! Je suis effarée de t'écrire cela, Constance. J'ai prié pour que nous nous en sortions sains et saufs. Pourtant, je ne me sens pas aussi effrayée que lorsque j'étais à la maison et

163

que le danger était loin.

Je n'arrête pas de penser à l'état d'excitation dans lequel se trouvait le général Brock au moment de partir, et à celui de Hamilton aussi. Est-ce ce sentiment d'exaltation qui les pousse à faire la guerre, un sentiment comme celui que je ressens encore, après avoir aidé à éteindre les incendies? Jamais de ma vie je ne me suis sentie aussi vivante qu'en ces minutes où je risquais de me faire tuer.

Plus tard

Notre bon général Brock est tombé au champ d'honneur. La nouvelle s'est répandue dans le fort comme une traînée de poudre. Tout autour de moi, les femmes, incrédules, discutent. « Qu'allons-nous faire, maintenant? vient de crier l'une d'elles. Comment pourrons-nous remporter la victoire s'il n'est plus là? »

Quand un soldat est entré pour nous l'annoncer, Ellis n'a pas crié, contrairement à moi. Il s'est contenté de hocher la tête, comme s'il l'avait su depuis le début. En ce moment, il est assis par terre, le dos contre le mur et la tête enfouie dans ses bras. J'ai déposé mon châle sur ses épaules, car il fait très froid ici, dans la caserne. J'aurais aimé pouvoir le réconforter, mais son esprit erre quelque part, très loin de moi. Je regrette de m'être fâchée contre lui. Il a l'air d'un tout petit garçon, anéanti par sa peine.

Au moment où nous observions le général Sheaffe, le général Brock était déjà mort. Ellis avait donc raison.

Quant à moi, j'ai du mal à croire que c'est vrai, et tout ce que je peux faire, c'est prier afin qu'il n'arrive pas la même chose à papa et à Hamilton. J'ai honte d'avoir écrit ces mots à propos de mon sentiment d'exaltation. La guerre n'a rien à voir avec l'exaltation, et tout à voir avec la mort.

Le soir

Hamilton et papa sont sains et saufs! J'en remercie Dieu. Ils sont revenus au fort George sales et fatigués, mais indemnes. La bataille de Queenston Heights est terminée. Nous sommes victorieux, mais à quel prix?

Je ne me sens pas le courage de t'en dire beaucoup à propos de cette journée tout empreinte de tragédies. Au début de la soirée, je ne pouvais plus supporter de voir Ellis noyé dans sa peine. Je suis montée à l'étage et j'ai regardé au loin.

À mon grand étonnement, des centaines et des centaines de soldats américains avançaient vers le fort. Je me suis alors rendu compte que c'étaient des prisonniers de guerre. Tandis qu'ils approchaient, je pouvais voir qu'ils étaient épuisés et qu'il leur fallait faire un grand effort pour arriver à mettre un pied devant l'autre. Beaucoup n'étaient pas plus vieux que Hamilton. Ils avaient l'air de gens ordinaires, pas d'ennemis. Après tout, eux aussi ont des frères et des sœurs, des pères et des mères.

Je voulais les voir de plus près. Hannah était si absorbée par la préparation du souper qu'elle ne s'est aperçue de rien quand je me suis glissée hors de la caserne.

Mais j'aurais préféré ne rien voir de tout cela. Il n'y avait pas que le flot de prisonniers qui entrait dans le fort. On emmenait aussi des soldats blessés, quelques-uns, Britanniques, mais la plupart, Américains. Des corps ont été disposés en rangées, par terre. Plusieurs gémissaient de douleur, mais certains avaient déjà l'air morts. Beaucoup avaient des plaies béantes. Il manquait la moitié du visage à l'un d'eux, et un bras à un autre. Leurs uniformes, leurs bandages et leur peau étaient maculés de sang.

Je suis vite rentrée à la caserne. Je ne suis plus capable d'écrire à propos de ce que j'ai vu, mais ces horreurs resteront gravées dans ma mémoire à tout jamais.

Je commence tout juste à croire que le général Brock est vraiment mort. J'entends encore sa belle voix tandis qu'il me demandait de lui ceindre l'épée.

Pourquoi ne lui ai-je pas porté chance? Il en avait tellement besoin!

14 octobre 1812

Chère Constance,

Hannah et moi sommes de retour chez papa. Il lui a demandé de me confectionner une robe noire pour les obsèques du général, qui auront lieu après-demain. Comme il y a un cessez-le-feu, je peux rester à Niagara quelques jours de plus. Mais moi, tout ce que je veux, c'est retourner à The Twelve.

Plusieurs bâtiments touchés par les boulets de canon ont été rasés par les flammes, dont le palais de justice, qui est juste à côté de la maison de papa. Le feu couve encore, et l'air est rempli de l'odeur du bois brûlé. Ça aurait pu être cette maison-ci! Papa dit qu'il est content que nous ayons été à l'abri, à l'intérieur du fort, mais je lui ai rappelé les incendies qu'il y avait eus, là-bas aussi. On n'est à *l'abri nulle part*, en temps de guerre.

Le lieutenant-colonel John Macdonell, qui avait valeureusement combattu au côté du général Brock, avait été grièvement blessé. On l'avait emmené à l'Hôtel du gouvernement, où il est mort peu après minuit. En ce moment, son corps est exposé solennellement avec celui du général Brock.

Je n'arrive pas à croire que leurs corps sont dans la maison voisine alors qu'hier matin, je les regardais tous les deux se préparer pour la bataille. Chaque fois que je me mets à penser au général Brock, si grand, si fort et si gentil, j'arrête tout et me mets à pleurer.

Hannah dit que je dois apprendre à contrôler mes sentiments. Elle est encore fâchée parce que je suis sortie de la caserne afin d'aller aider à éteindre l'incendie et elle est aussi fatiguée que moi, après ce que nous avons dû endurer. Cela la rend encore plus bougonne que d'habitude. Comme je m'ennuie de maman!

Je dois aider Hannah à coudre ma robe, mais j'ai les yeux pleins de larmes, et l'aiguille est difficile à faire passer au travers du tissu. La maison est très silencieuse. Papa et Hamilton sont si occupés à tout préparer pour les funérailles que nous ne les avons plus revus depuis qu'ils nous ont emmenées ici, hier soir.

Je me demande si Ellis va bien. Que va-t-il advenir de lui, maintenant que son tuteur est mort?

L'après-midi

J'ai passé l'avant-midi à coudre, jusqu'à ce que la robe soit terminée. Elle est très laide et elle ne me va pas bien. Hannah n'est pas bonne couturière, et bien que je sois capable de faire de beaux points, je ne suis pas meilleure qu'elle pour tailler le tissu. J'aurais voulu aller dehors, mais Hannah ne veut pas me laisser sortir de la maison. Une foule compacte de gens déambule dans la rue. Tous sont venus pour les obsèques.

Hannah est allée s'étendre sur son lit et elle m'a dit de faire de même. Mais je n'arrivais pas à dormir. J'avais la tête pleine de toutes sortes d'images et de sons : les paroles du général, les coups de canon, tous les soldats blessés. Je me suis levée et j'ai découvert un exemplaire du *Voyage du pèlerin* dans la bibliothèque de papa. Je me suis plongée dedans durant tout le reste de l'après-midi, et le divertissement m'a fait du bien.

Le soir

Hamilton est resté à la maison après le souper, et nous avons enfin pu nous parler. À vrai dire, c'est le plus long moment que j'ai passé seule avec lui depuis des mois. Je ne l'ai pas quitté des yeux une seule seconde, toute à mon bonheur de le savoir vivant.

Nous avions beaucoup de temps à rattraper! Il m'a d'abord fait un récit de la bataille. Au moment même où papa et lui arrivaient à Queenston, ils ont appris la nouvelle de la mort du général Brock. Le général menait ses hommes à l'assaut de l'escarpement. Je me rappelle que c'était très à pic. Sa haute taille, avec son habit rouge, en faisait une cible parfaite. Il venait de brandir son épée (celle-là même que j'avais tenue) et se retournait pour encourager ses hommes à avancer, quand une balle lui a transpercé la poitrine.

Le capitaine Glegg a répété à Hamilton les derniers mots du général Brock : « Ma mort ne doit pas être remarquée et ne doit pas empêcher mes braves compagnons de poursuivre leur course vers la victoire ». Son corps a vite été emporté dans une maison de Queenston afin que l'ennemi ne sache pas qu'il était mort.

Tout cela était très pénible à entendre. Hamilton m'a raconté que c'étaient les cris des guerriers iroquois, avec à leur tête le vaillant chef mohawk John Norton, qui avaient fini par avoir raison des Américains. Encore une fois, les Indiens nous ont aidés à remporter la victoire.

Hamilton et papa ont tous deux joué un rôle décisif dans la bataille. Quand le général Sheaffe est arrivé, il a envoyé Hamilton chercher au plus vite des renforts à Chippewa. Après la victoire, papa a été chargé avec d'autres de remonter la file des prisonniers et de récupérer leurs épées, qu'il a placées sur le pommeau de sa selle. Papa sera l'un de ceux qui auront le grand honneur de porter le cercueil, demain.

« Tu n'avais pas peur de te faire tuer? » ai-je demandé à mon frère. Il m'a avoué que oui, mais qu'il pensait à Catherine et voulait vivre à cause d'elle. Mais ses yeux brûlaient encore de l'ardeur du combat. Il aurait continué à tout me raconter, dans les détails, si je ne lui avais pas dit que je n'étais plus capable d'en entendre davantage.

Il m'a demandé comment cela s'était passé dans le fort. Je lui ai raconté qu'Ellis et moi avions aidé à éteindre l'incendie et assisté au sauvetage de la poudrière. « Vous n'auriez pas dû quitter la caserne, a déclaré Hamilton. Vous n'êtes que des enfants. » Puis il a souri et a ajouté : « Mais vous vous êtes montrés très courageux tous les deux. Je suis fier de vous. »

Je suppose que c'est vrai : nous *avons* été courageux. Mais je ne sais pas si je l'aurais fait sans Ellis.

« Papa et toi, vous avez été bien plus courageux, lui ai-je dit. Et le général Brock aussi. » Je bégayais en le disant. Je n'ai pas pu continuer et mes yeux se sont remplis de larmes.

« J'espère que papa et moi saurons toujours tempérer notre courage de bon sens », a répliqué Hamilton. Puis il m'a souri. « Toi aussi, j'espère! »

Il s'est tu quelques secondes. « Je vais te dire une chose, Suzanne, que je ne devrais peut-être pas te dire. Le général Brock était un homme très courageux, mais s'il n'avait pas été aussi imprudent, il serait peut-être encore en vie. Ne le répète pas à papa, mais je crois que de se lancer ainsi héroïquement à l'assaut de l'escarpement était bien téméraire. Il aurait dû ordonner à un capitaine de prendre la tête de sa troupe. Mais, à mon avis, c'était justement là la faiblesse de Brock : il aimait les coups d'audace. C'était son talon d'Achille. »

J'ai frissonné, me rappelant soudain ce qu'Ellis avait dit. « Qui est Achille? » ai-je demandé à Hamilton. Il m'a expliqué que c'était un héros mythique invincible, mais qu'il avait un point vulnérable, son talon, ce qui avait causé sa perte.

Nous sommes restés assis sans rien dire, à penser à la mort de notre héros. Puis Hamilton s'est mis à me dire tout ce qu'il avait accompli. Quand il m'a raconté comment il avait réussi à faire prisonniers des Américains, je lui ai dit que le général Brock nous en avait parlé quand il était venu prendre le thé.

« Je savais qu'il était allé vous voir. C'est tout un privilège pour vous, d'avoir pu le rencontrer! » s'est exclamé Hamilton.

Je ne lui ai pas dit que j'avais rencontré le général une autre fois. Je ne lui ai pas dit que j'avais attaché son épée à sa taille et qu'il m'avait embrassée sur le front. Je ne lui ai pas parlé de l'immense chagrin et de toute la culpabilité que je ressens parce que je ne lui ai pas porté chance finalement.

Pourquoi n'ai-je pas raconté tout cela à Hamilton? C'est probablement parce qu'avant de le faire, j'ai besoin de mieux comprendre les sentiments qui me tiraillent, qui bouillonnent en moi. J'ai besoin de calme, d'être chez nous et de faire le point sur tout ce qui est arrivé hier matin. Mais je ne peux pas rentrer à la maison tout de suite, et ici, la guerre est si proche que je n'arrive pas à penser clairement.

Je crois que ces deux derniers jours ont été les plus longs de ma vie.

Chère Constance,

Je vais te raconter les funérailles du général Brock dans les moindres détails parce qu'aujourd'hui, j'ai vécu un véritable moment historique. Écrire à ce sujet va me distraire des sentiments qui me tiraillent.

Quand je me suis levée, Hamilton et papa étaient déjà partis. Ma robe affreuse me piquait et elle était trop serrée aux aisselles. Mais cela importait peu car, au moins, j'avais l'air convenable. Hannah et moi sommes parties très tôt, dans l'espoir d'avoir de bonnes places pour assister à la cérémonie. Je n'ai jamais vu une foule pareille. Il devait y avoir des milliers de personnes! Une véritable marée humaine habillée tout en noir a envahi les rues.

Le cortège s'est mis en branle à 10 heures. En tête venaient les habits rouges du 41e régiment, suivis de la milice. J'ai repéré Hamilton, et aussi James et Charles, et je les ai montrés du doigt à Hannah. Derrière eux venait la fanfare du régiment, qui jouait une marche funèbre au rythme lent, marqué par le battement des tambours au son étouffé par des draps noirs. À intervalles réguliers, on tirait du canon.

Alfred, sans cavalier et revêtu d'une magnifique couverture d'apparat, était conduit par un palefrenier. Puis j'ai aperçu Ellis. Il marchait à côté de Porter, le teint blême et l'air fier. Il semblait très petit, mais il marchait d'un pas assuré.

Parmi les hommes qui suivaient, j'ai reconnu le docteur Thorn et le révérend Addison. Puis les cercueils sont arrivés, portés par des chariots à canon, celui de John Macdonell d'abord, puis celui du général Brock. Papa marchait à côté du cercueil du général. Je lui ai envoyé la main, toute fière, mais il a continué, bien sûr, de regarder droit devant lui. Son bras gauche et la dragonne de son épée étaient drapés de crêpe noir.

Le général Sheaffe avait l'air tellement solennel! Il est désormais notre nouveau chef. Hamilton m'a dit que, sans sa vivacité d'esprit, nous aurions perdu la bataille.

Le personnel et les amis du général Brock suivaient son cercueil, et nous leur avons emboîté le pas, avec le reste de la foule. Les gens nous serraient de près, et je ne pouvais rien voir. Hannah me tenait fermement la main, mais j'ai tiré très fort et je me suis éloignée comme par accident. J'ai réussi à me frayer un passage à travers la foule et j'ai trouvé un endroit plus dégagé, à la tête du cortège.

Le chemin menant jusqu'au fort George était bordé de soldats, y compris des Indiens et des soldats des colonies habillés en vert. Tous les soldats tenaient leurs mousquets, le canon pointé vers le sol. À la fin de la longue procession, les cercueils se sont immobilisés dans le coin le plus au nord du fort, au bastion construit sur l'ordre du général Brock.

Je me suis faufilée jusqu'en avant et j'ai pu entendre tout l'office. Le révérend Addison en était le célébrant. Quand il a dit : « Tu retourneras à la terre, d'où tu as été pris; car tu es poussière, et tu redeviendras poussière », je n'ai pas pu m'empêcher de pleurer. Une femme qui était à côté de moi m'a tendu son mouchoir.

Les deux cercueils ont été déposés dans une même fosse, côte à côte. La fosse était une des casemates qu'Ellis m'avait montrées en juin.

Après l'enterrement, on a tiré trois salves de sept coups chacune. Au fort Niagara, les Américains ont fait de même et, depuis notre fort, je pouvais voir que leurs drapeaux, tout comme les nôtres, étaient en berne.

Tout le monde pleurait, mais il y avait aussi un sentiment de soulagement, comme si la guerre était terminée. Mais elle est toujours là, bien sûr, tapie comme une bête féroce attendant le bon moment pour s'abattre sur nous.

Le soir

Après le souper, tandis que tout le monde parlait des funérailles, je me suis glissée dehors et je suis allée frapper à la porte de l'Hôtel du gouvernement. Porter est venu répondre et m'a conduite auprès d'Ellis.

Il était assis dans la cuisine, une assiette pleine devant lui, à laquelle il n'avait pas touché. Il faisait sombre dans la maison, et l'atmosphère était lourde de la tragédie qui l'habitait.

Pour commencer, nous avons parlé avec une certaine gêne. J'ai dit à Ellis qu'il avait fière allure tandis qu'il marchait avec le cortège. Nous avons parlé un peu des funérailles. On aurait dit que ma présence le ragaillardissait, car il a pris quelques bouchées. Je ne voulais pas le déranger plus longtemps, mais il fallait encore que je lui demande ce qu'il deviendrait.

Ellis m'a dit que le général Brock l'avait inclus dans son testament et qu'il irait à l'école en Angleterre. Je lui ai demandé s'il le souhaitait. Il a haussé les épaules.

« C'est ce que le général Brock voulait, a-t-il dit. Et c'est aussi ce que mon père voulait. Je vais essayer de m'en satisfaire, par respect pour leur mémoire. » Il parlait d'un ton triste et résigné.

Ellis ne peut pas partir pour l'Angleterre tant qu'il y a la guerre, évidemment. Alors, d'ici là, il va habiter avec Porter à York.

Il ne restait plus grand-chose à dire, ensuite. Je l'ai regardé terminer son repas, puis je lui ai dit au revoir.

Je ne reverrai probablement plus jamais Ellis. Il est le plus courageux de tous les garçons que je connaisse.

17 octobre 1812

Chère Constance,

Ce matin, papa et Hamilton m'ont ramenée à la maison. Maman était là! Je me suis jetée dans ses bras. Caroline, James et le bébé étaient là, aussi. Caroline m'a embrassée très fort. Elle semblait avoir retrouvé sa gentillesse d'autrefois. C'était peut-être simplement le fait d'être enceinte qui l'avait rendue si irritable. Même James était plein d'attentions à mon égard.

« Viens ici, que je te présente ta nièce », m'a dit Caroline. Le bébé dormait dans son berceau. C'est un petit être humain parfait, avec des doigts et des orteils minuscules. Elle s'appelle Adélaïde Marguerite. Je trouve que ce sont de beaux noms.

Quand elle s'est réveillée, j'ai eu la permission de la tenir dans mes bras. Je vais pouvoir aider à en prendre soin, car Caroline et Adélaïde vont habiter ici jusqu'à la fin de la guerre.

Nous avons parlé à n'en plus finir, nous racontant les uns les autres tout ce qui nous était arrivé. Maria me disait tellement de choses que mes oreilles bourdonnaient. Tabitha et elle se sentaient très seules, sans personne d'autre à la ferme. Pendant que j'étais partie, elles ont dû réparer un trou dans la toiture, causé par la tempête, et des ratons laveurs se sont introduits dans le séchoir à maïs.

Maman a demandé à voir le trou laissé par ma dent. On dirait qu'il s'est passé des années depuis mon mal de dents, comme si j'avais été beaucoup plus jeune à ce moment-là.

« Raconte-leur ce que tu as fait dans le fort, Suzanne », a dit Hamilton.

Quand j'ai eu terminé, maman m'a dit que j'avais été imprudente, et papa a dit que j'étais très courageuse pour mes 11 ans. Je lui ai rappelé que j'avais maintenant 12 ans.

« Douze ans! a crié maman. Oh! ma chère enfant! Comment avons-nous pu l'oublier? » Tout le monde avait l'air gêné, et je leur ai assuré que ce n'était pas grave. Maria s'est précipitée en haut et est revenue avec un porte-aiguilles ayant la forme d'un petit carnet, qu'elle avait orné de broderies pour moi.

Puis j'ai dit à papa à quel point j'avais grandi. Il m'a prise sur ses genoux et a dit qu'il fallait qu'il voie à cela bientôt. J'ose à peine espérer qu'il sait ce que je souhaite. Maintenant que j'ai 12 ans, je suis peut-être trop grande pour m'asseoir sur ses genoux, mais ce soir, je m'en fichais.

Tandis que nous étions assis au salon, je me suis rendu compte que c'était la première fois depuis juin que nous étions tous réunis. Lundi, les hommes devront repartir. Mais ce soir, avec Souricette qui ronronne sur mes genoux, Jack qui dort à mes pieds et les miens qui bavardent tout autour de moi, je me sens bien à l'abri, en sécurité.

18 octobre 1812

Chère Constance,

Même si j'arrive aux dernières pages de ce carnet, je dois recommencer à t'écrire régulièrement. Te raconter mes occupations journalières est la seule chose qui parvienne à apaiser la tempête de mes émotions. Je vais essayer d'écrire tout petit.

Ce matin, papa a célébré l'office de l'Action de grâces dans le salon. Il a remercié Dieu d'avoir veillé sur les hommes de notre famille et de nous avoir aidés à gagner la bataille de Queenston Heights, sans oublier l'héroïque sacrifice du général Brock.

Pour le dîner, nous avons mangé un rôti de bœuf que papa avait rapporté, avec des navets et des haricots verts, puis une tarte à la citrouille. Dans l'après-midi, je suis allée faire le tour de nos terres à dos de cheval avec Hamilton et papa. Je devais sans cesse cravacher Sukie afin de l'empêcher de ralentir. Papa a dit : « Je crois que tu es maintenant trop grande pour cette bête têtue ».

J'ai eu la permission de m'occuper d'Adélaïde

pendant une heure entière tandis que les autres aidaient à préparer le souper. Ses yeux bleus me regardent avec curiosité et elle serre mon doigt très fort.

Charles est venu à cheval depuis Queenston afin de rendre visite à Maria. Il nous a raconté que sa sœur, Mme Secord, était partie à la recherche de son mari sur le champ de bataille de Queenston Heights, qu'elle l'avait retrouvé blessé et qu'elle l'avait traîné jusque chez eux. Ce doit être une femme très courageuse!

Maman a permis à Charles et à Maria d'aller se promener dans le verger. J'étais censée les chaperonner, mais Maria m'a demandé de leur laisser un peu d'intimité, alors je me suis arrêtée sous un arbre. Je n'ai jamais vu Maria aussi rayonnante.

Après le souper, nous avons joué au whist et chanté et parlé beaucoup, beaucoup. Notre maison pleine de monde respirait la joie de vivre.

Mais, dans ce cas, pourquoi est-ce que je me sens si agitée? On dirait qu'une partie de moi n'est pas vraiment ici, mais encore à Niagara. Je ne me suis pas tout à fait remise des événements : le moment que j'ai passé dans la cuisine du général Brock avec Ellis, les coups de canons que j'ai entendus et tous ces soldats que j'ai vus avec d'horribles blessures.

La prière de papa m'a agitée encore plus. Est-ce que Dieu voulait que nous remportions la victoire? Voulait-Il que le général Brock se fasse tuer? Je ne devrais pas avoir de telles pensées, c'est sûr, mais c'est plus fort que moi.

Chère Constance,

Hier soir, quand nous nous sommes mises au lit, Maria m'a dit que Charles avait demandé sa main. Ils doivent attendre qu'elle soit un peu plus âgée, et alors ils pourront se fiancer. Maria a donné à Charles toutes les lettres qu'elle lui avait écrites. Elle m'a embrassée et m'a remerciée pour le papier. Puis elle m'a fait promettre de ne révéler son secret à personne.

Encore un secret! Au moins, celui-ci est porteur de bonheur. J'aime Charles et j'espère qu'il réussira à mettre un peu de plomb dans la cervelle de ma sœur frivole.

Plus tard

Papa, Hamilton et James sont partis aujourd'hui. Toutefois, la trêve a été prolongée, alors ils vont essayer de revenir ici dimanche prochain.

Aujourd'hui, j'ai aidé à faire la lessive et je me suis occupée d'Adélaïde. Je crois qu'elle me reconnaît. C'est un bon bébé qui pleure rarement.

Comme Tabitha sait que le général Brock habite à côté de chez papa, elle m'a demandé si je l'avais vu avant qu'il se fasse tuer. Je lui ai répondu que je l'avais vu rentrer chez lui, ce soir-là. Je ne pouvais pas lui en dire davantage.

20 octobre 1812

Chère Constance,

J'ai revu Abbie pour la première fois depuis que je suis de retour. Nous nous sommes assises sous notre arbre, et elle m'a demandé de tout lui raconter. Alors je lui ai parlé de mon mal de dents, de l'incendie que nous avons éteint au fort et des funérailles du général Brock. Elle était choquée quand je lui ai raconté tout ce que j'avais vu.

Une fois de plus, je ne pouvais pas lui révéler mon grand secret. Je ne lui ai pas parlé d'Ellis non plus.

Abbie m'a donné un joli ruban vert pour mon anniversaire. Mes cheveux sont presque assez longs pour pouvoir les attacher derrière. Elle est très contente parce que, à cause du cessez-le-feu, son père n'a pas à craindre de se faire rappeler au combat.

Abbie voulait confectionner d'autres vêtements pour nos poupées. Je l'ai aidée, mais mon cœur n'y était pas. Ce jeu me semble enfantin maintenant. J'ai l'impression d'être plus vieille qu'Abbie, même si je ne le suis pas.

21 octobre 1812

Chère Constance,

Aujourd'hui, j'ai finalement parlé d'Ellis à Abbie. Je lui ai dit que je l'avais rencontré en juin et que je l'avais revu en août, puis la semaine dernière. Hélas! sa réaction a été celle que j'attendais. Elle a dit que, maintenant que j'avais un garçon à admirer, elle allait pouvoir me parler d'Uriah.

« Ce n'est pas pareil! » lui ai-je dit. Mais elle n'a pas compris.

22 octobre 1812

Chère Constance,

Maintenant que maman a Caroline pour l'aider aux tâches ménagères, elle va avoir plus de temps pour me faire la classe. Ce matin, elle m'a accompagnée chez les Seabrook et a demandé si Abbie pouvait se joindre à moi pour les études. Ses parents ont accepté, mais ce sera seulement jusqu'à la naissance du bébé en janvier. Je suis contente d'avoir une compagne d'études.

Il fait froid et, tous les soirs, je mets une pierre au feu pour réchauffer notre lit. Durant la nuit, nous entendons Adélaïde pleurer, mais elle se calme vite quand Caroline lui donne la tétée.

23 octobre 1812

Chère Constance,

Ce matin, Abbie est venu ici à pied, et nous avons eu notre première leçon ensemble avec maman. Elle nous a enseigné des mots français, nous expliquant que ce serait utile pour nous de connaître un peu cette langue, si jamais nous avions à nous rendre dans le Bas-Canada. Maman a dû nous dire d'arrêter de rire et de chuchoter, comme une vraie maîtresse d'école.

Même si je me sens maintenant très différente d'Abbie, elle reste ma meilleure amie et j'espère qu'elle le restera pour toujours.

24 octobre 1812

Chère Constance,
Je suis allée faire une longue promenade en forêt avec Sukie. Les arbres sont dénudés, et une multitude de feuilles recouvrent le sol, comme un million de pièces d'or. Il y avait un épais brouillard et, quand quelqu'un s'est approché de moi, j'ai eu du mal à voir qui c'était.

C'était Élias. Il emportait un sac de blé au moulin de son oncle. Je l'ai retenu longtemps, bien assis sur son cheval, à lui raconter mes récentes aventures. Il m'enviait énormément de m'être trouvée au beau milieu des tirs de canon, au fort George. Je voulais lui raconter à quel point c'était terrible de voir tous les blessés, mais je n'ai pas pu.

Il m'envierait encore plus si je lui parlais de l'épée. J'ai failli le lui dire, mais je n'ai pas su trouver les mots pour cela non plus. J'y arriverai peut-être un jour.

Élias m'a dit qu'il était impressionné que mes cheveux soient si longs. Il s'est montré très gentil, et je ne crois pas qu'il recommencera à me harceler.

25 octobre 1812

Chère Constance,
J'ai un cheval! Papa, Hamilton et James sont arrivés tard hier soir. Ce matin, comme j'allais ramasser les œufs, papa m'a mis un bandeau sur les yeux et m'a conduite à l'étable.

J'y ai trouvé une jolie jument à la robe marron, équipée d'une superbe selle et d'une bride! Papa m'a soulevée et m'a installée dessus. Je l'ai trouvée très haute, mais elle est gentille et je peux la mener sans difficulté. Je l'ai appelée Queen, en souvenir de la bataille de Queenston Heights. Elle a le museau doux comme du velours.

J'ai passé presque toute la journée à monter Queen. Maman m'a dispensée de mes tâches, comme si c'était aujourd'hui, le jour de mon anniversaire. Encore une fois, la maison est pleine de monde. Papa et James doivent retourner à Niagara mardi, mais Hamilton va rester toute la semaine et abattre du gibier pour nous, tuer quelques cochons et fendre du bois.

Queen est le plus beau cadeau d'anniversaire que j'aie jamais reçu. Ce cadeau a calmé un peu l'agitation que je ressens.

26 octobre 1812

Chère Constance,

C'est difficile de te raconter ce qui s'est passé ce soir. Papa était en train de dire qu'il espérait que la mort héroïque du général Brock inciterait un plus grand nombre d'hommes à aller se battre, une fois la trêve rompue. « J'ai entendu dire qu'Adam Seabrook avait dû payer une amende pour avoir déserté. Il sera peut-être plus loyal envers la Grande-Bretagne, à partir de maintenant. »

D'un ton glacial que je ne lui connaissais pas, maman lui a demandé pourquoi M. Seabrook serait obligé de se battre contre son propre pays alors qu'il ne le veut pas. Puis elle a dit à papa qu'elle avait donné à M. Seabrook l'argent nécessaire pour payer l'amende.

Un silence profond s'est fait dans la pièce. Tous regardaient maman, incrédules. Mon cœur battait très fort, tant je craignais la réaction de papa.

Il a demandé à maman de répéter ce qu'elle venait de dire, et elle l'a fait. Papa avait l'air complètement abasourdi. Puis il a dit : « Je désapprouve totalement ton geste, Polly, étant donné ma position. »

Maman a répliqué calmement qu'elle était désolée qu'il désapprouve son geste, mais qu'elle avait fait ce qu'elle croyait devoir faire.

Papa est devenu tout rouge. Il a demandé à maman de monter à l'étage afin qu'ils puissent discuter de la question en privé. Pendant leur absence, nous avons bavardé nerveusement et nous nous sommes amusés avec le bébé en essayant de faire semblant que maman et papa n'étaient pas en train de se disputer.

Finalement, ils sont revenus. Je les ai regardés, l'un et l'autre, tandis que Maria et Caroline chantaient pour nous. Maman avait l'air triomphante, et papa, complètement déconcerté. Je suis désolée pour eux, mais je suis quand même très fière que maman ait défendu son point de vue.

27 octobre 1812

Chère Constance,

J'ai enfin été soulagée de mon grand secret. Comme il faisait beau temps, Hamilton et moi sommes allés faire une longue promenade à cheval. Il m'a d'abord félicitée de si bien mener Queen. Puis il m'a dit que Catherine lui manquait beaucoup et qu'il n'avait pas eu de ses nouvelles depuis qu'elle était partie. « Je suppose que son père lui interdit de répondre à mes lettres », s'est-il plaint d'un ton amer.

Tout en consolant Hamilton, je rassemblais tout mon courage afin de me confier à lui. Finalement, tandis que nos chevaux se reposaient sous un arbre, je me suis vidé le cœur.

Il a été étonné, bien sûr, d'apprendre que j'étais entrée dans la maison du général, que j'avais attaché son épée et qu'il m'avait embrassée sur le front.

« Suzanne! Quel grand honneur! s'est-il exclamé. Tu vas t'en souvenir jusqu'à la fin de tes jours! »

J'ai hoché la tête, puis je lui ai raconté ce qui me tiraillait : que mon geste avait été vain puisque, finalement, je n'avais pas porté chance au général Brock. Que cette guerre est tout aussi vaine puisque des hommes braves comme le général Brock doivent mourir, que des hommes braves comme M. Seabrook et Samuel doivent refuser de se battre contre leur propre pays et que des femmes braves comme maman doivent s'opposer à leur mari. Je me suis mise à pleurer en lui expliquant que je ne savais plus quoi penser de tout cela, même de Dieu et surtout de cette guerre si compliquée.

Hamilton a mis pied à terre et m'a prise dans ses bras pour me faire descendre de Queen. Il m'a serrée très fort jusqu'à ce que j'arrête de pleurer. « Tu réfléchis beaucoup *trop* pour une fille de ton âge, a-t-il fini par me dire. Oui, c'est une guerre compliquée. Si compliquée que chaque personne, comme M. Seabrook ou maman, doit agir selon sa propre conscience. Peut-être la guerre est-elle vaine, comme toutes les guerres d'ailleurs. Moi-même, j'en suis déjà fatigué et je n'en vois pas la fin. »

Puis il a souri. « Quant à Dieu, qui suis-je pour expliquer ce qu'Il veut? Il est de notre devoir de croire que, quoi qu'il arrive, c'est pour notre bien. N'est-ce pas ce que nous apprenons dans les Saintes Écritures : qu'il faut avoir foi en Lui? »

« Et le général Brock? ai-je demandé. S'il est mort, ce n'est certainement pas pour notre bien! Est-ce que c'était la volonté de Dieu? »

Hamilton a soupiré. « Tu poses des questions bien difficiles, Suzanne! Brock a fait ses propres choix. Il a pris un très gros risque, et cela a entraîné une tragédie. Tout ce que nous pouvons faire, tout ce que Dieu veut que nous fassions, c'est de l'accepter. »

Cela ne m'a pas du tout réconforté. Mais Hamilton m'a assuré que la mort du général Brock n'était certainement pas *ma* faute. »

« Mais je ne lui ai pas porté chance! ai-je crié. Ellis a dit que je portais chance, mais ce n'est pas vrai! »

Hamilton m'a dit que le fait de m'avoir parlé et de m'avoir demandé de lui ceindre l'épée avait probablement donné du courage au général Brock, tandis qu'il chevauchait vers le champ de bataille. « Et tu nous portes chance, a-t-il ajouté en m'embrassant sur le front. Cette famille ne serait pas la même sans ta gaieté. Ma chère petite sœur, essaie d'oublier tes soucis. Sois heureuse, comme l'enfant que tu es censée être! »

Je me suis sentie soulagée d'un grand poids. Hamilton a probablement raison. Je mettrai sans doute des années à démêler mes sentiments à l'égard de cette guerre affreuse, et à pouvoir répondre à toutes ces questions qui me tourmentent. Peut-être que, pendant que je suis encore jeune, je ne suis pas obligée de me ronger les sangs comme je le fais.

J'ai demandé à mon frère de ne révéler mon secret à personne d'autre, et il me l'a promis.

1ᵉʳ novembre 1812

Chère Constance,

Aujourd'hui, comme c'est dimanche, maman nous a fait la prière et la lecture au salon. Le texte d'aujourd'hui s'intitulait : « Confie-toi en l'Éternel de tout ton cœur ». Cela m'a rappelé ce que Hamilton m'avait dit hier et aussi le sermon du révérend Addison en juin, à propos de l'arbre planté près de la rivière et qui étend ses racines. J'ai décidé d'utiliser ce texte pour mon échantillon de broderie.

C'est la dernière fois que je te parle dans ce carnet : je suis à la dernière page et je vais devoir terminer cette entrée dans la marge. Hamilton va m'apporter un nouveau carnet et de l'encre, lors de sa prochaine visite.

Encore une fois, nous, les femmes, nous retrouvons seules et, encore une fois, sans nouvelles. La trêve a peut-être été rompue et nos hommes ont peut-être repris les combats.

Ma vie est remplie d'inconnu. Je ne sais pas quand cette guerre va se terminer, ni quand Hamilton, papa et James reviendront, ni si ma vie redeviendra comme avant. Tout ce que je peux faire, c'est croire que Dieu veillera sur nous et nous apportera la paix, au lieu de la guerre.

Au moins, je ne peux plus écrire que je n'ai rien à raconter. J'ai affronté des dangers et j'y ai survécu, comme quand je me suis retrouvée face au loup. Constance, grâce à ces pages tu pourras raconter à ta descendance que j'ai ma place dans l'histoire, car j'ai rencontré un grand héros et j'ai même attaché son épée à sa taille.

Épilogue

La guerre s'est poursuivie pendant deux ans encore et est devenue beaucoup plus pénible pour Suzanne et les siens. En mai 1813, les États-Unis ont attaqué Niagara et se sont emparés de fort George. Puis ils ont occupé la péninsule de Niagara pendant six mois. La sœur de Charles Ingersoll, Laura Secord, a entendu les soldats qui occupaient sa maison à Queenston discuter d'une attaque contre les Britanniques. Rassemblant tout son courage, elle a alors entrepris un long et difficile voyage à pied afin d'en avertir John FitzGibbon, l'officier britannique qui a ensuite vaincu les Américains à Beaver Dam, en juin. Cette victoire, et celle de Stoney Creek, remportée un peu plus tôt, ont forcé l'ennemi à se replier dans l'enceinte du fort George.

Hamilton Merritt est aussi devenu un héros, tout comme FitzGibbon. Promu à la tête du régiment de son père, il a mené des attaques éclair contre les groupes d'hommes ayant trahi le Haut-Canada. Ils avaient à leur tête John Willcocks, un ennemi personnel des Merritt. La péninsule de Niagara est alors devenue une sorte de zone de vulnérabilité où des soldats britanniques, des miliciens canadiens, des Indiens alliés à un parti ou à l'autre et des soldats américains se traquaient et s'attaquaient sans cesse les uns les autres. Suzanne a dû vivre deux moments particulièrement terrifiants, le premier quand un groupe de traîtres a pillé leur maison afin de se procurer des vivres, et le second, quand Willcocks s'est emparé du père de la jeune fille, Thomas Merritt, et l'a envoyé aux États-Unis pour quelque temps.

À la fin de 1813, la ville de Niagara a été complètement détruite par les Américains. Ses 400 habitants n'ont pas eu beaucoup de temps pour quitter leurs maisons. Au cours d'une tempête de neige, Hannah, qui était seule, a vu la demeure de Thomas Merritt se faire raser par les flammes. Thomas est venu à cheval de Burlington, où il se trouvait en garnison, afin de la rescaper. Hannah, qui n'a jamais perdu son mauvais caractère, est restée au service des Merritt pour le reste de sa vie. Après la guerre, Niagara a été reconstruite, mais Thomas Merritt n'y a plus jamais habité car, à cette époque, il avait pris sa retraite et n'occupait plus son poste de shérif.

En 1814, Hamilton a été fait prisonnier à la bataille de Lundy's Lane, puis a été détenu au Massachusetts jusqu'à la fin de la guerre. Là-bas, il a rencontré le père de Catherine, qui a finalement consenti à les laisser se marier.

La maison des Merritt a souvent été occupée par des soldats britanniques. Suzanne détestait leur arrogance et elle a eu beaucoup de peine quand ils ont réquisitionné Queen pour les besoins de la guerre. Elle n'a jamais revu sa jument et leur en a beaucoup voulu. Adam Seabrook, de son côté, a continué à échapper aux combats.

Tout le monde a été soulagé, quand la guerre a pris fin. Hamilton est revenu en mars de l'année 1815, accompagné de sa nouvelle épouse, Catherine. Comme il l'avait prévu, il a abandonné l'agriculture. Il est devenu marchand, propriétaire d'un moulin et, plus tard, député. Toutefois, il est mieux connu pour le rôle qu'il a joué dans la construction du canal Welland, qui relie les lacs Ontario et Érié.

Tabitha avait fini par renoncer à Samuel, mais il est réapparu sans crier gare, en 1816, et il lui a demandé de l'épouser. Elle a accepté, à condition qu'ils restent dans le Haut-Canada.

Caroline a eu un autre enfant, un fils, en 1814. Adélaïde et elle sont mortes noyées dans la rivière Niagara, en 1824. Maria a épousé Charles en 1816, et ils ont eu huit enfants.

Suzanne a épousé Élias Adams en 1823. Ils ont eu un fils, Thomas, et cinq filles : Catherine, Sarah, Mary, Phoebe et Caroline. Malheureusement, Thomas et Sarah sont tous les deux morts en bas âge. Malgré ce grand malheur, Suzanne a bien profité de toute l'animation régnant dans la ville, qui grossissait sans cesse et qu'on appelait désormais St. Catharines. Élias en a été l'un des premiers maires. Suzanne n'est jamais devenue maîtresse d'école comme elle l'avait souhaité, mais elle a eu beaucoup de plaisir à parfaire l'éducation de ses filles. Abbie, qui a épousé Uriah et a eu sept fils, est toujours restée la meilleure amie de Suzanne.

En 1851, Suzanne a lu, dans un journal, l'annonce d'une conférence sur les phénomènes paranormaux, qui allait être prononcée à Toronto (anciennement appelée York) par un Anglais du nom d'Ellis Babcock. Elle a persuadé Élias de l'emmener à cette conférence. Ellis a parlé des méthodes permettant de prédire l'avenir. Après la conférence, Suzanne est allée le saluer avec son mari. Ellis a été surpris et heureux de revoir Suzanne, et Élias et elle ont longuement discuté avec lui. Il était devenu professeur de philosophie à Oxford et il avait publié plusieurs ouvrages. Il ne s'était pas marié et il semblait heureux d'être un universitaire. C'est la dernière fois que Suzanne l'a vu.

Les parents de Suzanne, qui avaient vendu la ferme et avaient déménagé au centre de la ville, ont vécu jusqu'à près de 80 ans. Suzanne, quant à elle, de santé fragile toute sa vie, est morte à 66 ans. Un de ses plus grands plaisirs a été de consigner les événements de son existence dans son journal intime, qu'elle conservait dans un coffre en bois fermé à clé. Elle a vécu assez longtemps pour léguer ce coffre à la fille de Phœbe, Caroline, en lui donnant comme consigne de le transmettre elle-même, un jour, à sa propre fille, si elle en avait une. Elle a demandé à Caroline de prénommer cette fille Constance, ce que Caroline a fait.

Note historique

En 1791, la « Province of Quebec » a été divisée en deux parties : le Haut et le Bas-Canada. Le Haut-Canada (aujourd'hui, l'Ontario) était formé d'établissements dispersés le long des rives du fleuve Saint-Laurent, en amont de Montréal et sur les rives des Grands Lacs. Il était peuplé de nombreux Loyalistes qui avaient fui vers le nord, durant et après la Révolution américaine. La première capitale du Haut-Canada a été Newark, plus tard renommée Niagara, suivant son nom amérindien d'origine (et aujourd'hui, connue sous le nom de Niagara-on-the-Lake). Durant la période où John Graves Simcoe, le premier lieutenant-gouverneur du Haut-Canada, y a habité, Newark était une ville florissante. En 1797, la capitale a été déménagée à York (aujourd'hui, Toronto).

En 1812, le Haut-Canada comptait trois villes importantes : Kingston, la plus grande, avec une population de 1 000 habitants, Niagara et York, avec 600 habitants chacune. Les villes avaient toutes un fort gardé par des soldats britanniques. Le reste de la province était peuplé de colons dont la principale préoccupation était d'établir des fermes, à même cette contrée sauvage, couverte d'immenses forêts.

La population du Haut-Canada avait des origines très variées : des Britanniques, des Loyalistes de la première vague, des Loyalistes « tardifs », des immigrants des États-Unis, de la Grande-Bretagne et du reste de l'Europe, en nombre sans cesse croissant, ainsi que des gens des Premières nations. Soixante pour cent de cette population assujettie à la couronne britannique était née aux États-Unis. Les déplacements entre le Haut-Canada et les États-Unis étaient chose courante. Bien des colons y avaient de la parenté, et le dollar américain était utilisé aussi souvent que la livre anglaise.

Au début du XIXe siècle, la Grande-Bretagne et la France se sont affrontées dans ce qu'on a appelé les Guerres napoléoniennes. Ces conflits ont mené à la guerre de 1812, qui a éclaté entre les États-Unis d'un côté, et le Haut et le Bas-Canada de l'autre. Mais pourquoi le conflit entre la Grande-Bretagne et la France a-t-il fini par s'étendre jusqu'en Amérique du Nord?

Le Canada faisait partie de l'Empire britannique. Les Américains, quant à eux, étaient reconnaissants à la France du soutien qu'elle leur avait apporté durant la guerre de l'Indépendance. Ils appuyaient donc ouvertement l'adversaire de la Grande-Bretagne, Napoléon. Par ailleurs, les Britanniques exerçaient un embargo sur les navires américains faisant du commerce avec la France et, parfois, allaient même jusqu'à forcer des marins américains à s'enrôler dans la marine britannique.

L'expansion territoriale des États-Unis dans le territoire appelé « le Vieux Nord-Ouest » (entre la rive sud du lac Érié et la rive nord de la rivière Ohio) a fourni un autre prétexte à cette guerre. C'était du moins l'avis des partisans du combat armé, au sein du Congrès américain, qui considéraient que le soutien apporté par les Britanniques aux tribus des Premières nations habitant cette région freinait l'expansion des colons américains, qui voulaient forcer les Indiens à leur céder leurs territoires.

En 1812, les États-Unis ont déclaré la guerre à la Grande-Bretagne. Le président américain James Madison croyait qu'il allait être facile de s'emparer des colonies britanniques en Amérique du Nord. Son prédécesseur, le président Thomas Jefferson, avait déclaré que ce serait « une simple promenade de santé ». Les Britanniques et les Canadiens du Haut et du Bas-Canada étaient beaucoup moins nombreux que les Américains, mais ils étaient bien mieux organisés. De plus, ils pouvaient compter sur l'appui sans cesse grandissant des guerriers des Premières nations, dont certains espéraient que cet engagement de leur part allait permettre la création d'un territoire indien dans le Vieux Nord-Ouest. C'était ce que visait le très charismatique chef shawnee, Tecumseh, mort en 1813, lors de la bataille de Moraviantown, dans le sud-ouest de l'Ontario.

D'autres tribus ont attendu prudemment avant de décider de quel côté se ranger. Par exemple, les Iroquois de la rivière Grand (en Ontario), neutres au début, se sont par la suite bravement illustrés au cours de la bataille de Queenston Heights, sous le commandement de John Norton. Toutefois, en 1813, les Iroquois se sont retrouvés en conflit les uns contre les autres, ce qui les a amenés à se retirer presque totalement du conflit américano-britannique à partir de l'automne 1814.

Cette guerre s'est jouée autant sur terre que sur mer. Elle s'est terminée dans une impasse, et on l'appelle parfois « la guerre gagnée par chacun des partis en cause ». En effet, les États-Unis n'y ont perdu aucun territoire, mais, si les Canadiens ne s'étaient pas opposés aux envahisseurs américains, le Canada ne serait pas ce qu'il est aujourd'hui. Les seuls vrais perdants ont été les tribus indiennes qui ont appuyé Tecumseh et qui ont joué un rôle très important dans les victoires des Britanniques. Or, les négociations qui ont suivi la signature du Traité de Gand sont restées muettes au sujet du territoire que les Indiens souhaitaient conserver.

Un des aspects les plus importants de cette guerre est sans doute le fait que le Canada et les États-Unis ne se sont plus jamais battus. En effet, depuis lors, les deux pays ont toujours réglé leurs différends de manière pacifique et sont fiers de partager « la plus longue frontière non militarisée au monde ».

Les nouvelles circulaient lentement au début du XIXe siècle; il y avait donc souvent un décalage entre les décisions officielles et les événements sur le terrain. Ainsi, le président Madison a signé la déclaration de guerre entre les États-Unis et la Grande-Bretagne le 18 juin 1812, mais le général Brock ne l'a appris qu'une semaine plus tard environ. De même, quand le lieutenant Porter Hanks a été défait par les Britanniques à Michillimakinac, en juillet, il ignorait que la guerre avait été déclarée. Le Traité de Gand a été signé le 24 décembre 1814, mais la nouvelle de la fin des hostilités n'est arrivée en Amérique qu'en février 1815, un mois après la pire défaite essuyée par les Britanniques durant cette guerre, lors de la bataille de la Nouvelle-Orléans, en janvier. Enfin, le général Brock a été anobli en reconnaissance de sa victoire à Détroit le 10 octobre 1812, mais, au moment de mourir, il ne savait même pas qu'il était devenu lord.

Durant tout le reste du XIXe siècle, dominé par les longues guerres napoléoniennes, la guerre de 1812 est tombée dans l'oubli. Ce n'est que plus tard que les héros sont sortis de l'ombre : Laura Secord, dont la célèbre équipée inclut maintenant une vache mythique; James FitzGibbon et l'audacieux régiment des Green Tigers; la figure charismatique et tragique de Tecumseh; et le chef de guerre mohawk John Norton (Teyoninhokarawen).

Du point de vue des Américains, les événements marquants de cette guerre ont été l'incendie de la Maison-Blanche par les Britanniques (les murs noircis par le feu ont dû être blanchis par la suite, d'où son nom) et, en 1814, la publication du poème intitulé *The Star-Spangled Banner* (aujourd'hui, l'hymne national des États-Unis), composé par Francis Scott Key, au cours du bombardement du fort McHenry à Baltimore.

Les légendes les plus importantes issues de cette guerre sont probablement celles qui touchent le personnage de Sir Isaac Brock. Quoique britannique et s'étant souvent montré irrité de sa mission au Canada, il est néanmoins parfois considéré comme un « héros canadien ». Son fameux chapeau orné de plumes a été reproduit dans des tableaux le montrant en train de chevaucher vers Queenston ou de prendre d'assaut l'escarpement. En réalité, ce chapeau, qu'il avait commandé en 1811, en même temps que les autres pièces de son uniforme de major général, n'a été livré qu'après sa mort. Aujourd'hui, le chapeau est exposé au musée historique de Niagara, à Niagara-on-the-Lake. On dit que Brock aurait été fiancé à une certaine Sophie (ou Susan) Shaw. Il se serait arrêté chez elle pour prendre un café en se rendant à la bataille de Queenston Heights. Le fantôme d'une femme en pleurs, appelé Sobbing Sophie, hanterait une maison de Niagara-on-the-Lake.

Il existe plusieurs versions des dernières paroles prononcées par Brock. Selon l'une d'elles, juste avant de se lancer à l'assaut de l'escarpement, il aurait dit : « Reprenez haleine, mes braves, car vous en aurez bientôt besoin ». Selon une autre, il aurait dit : « Ma mort ne doit pas être remarquée et ne doit pas empêcher mes braves compagnons de poursuivre leur course vers la victoire ». Selon une troisième version, il aurait dit : « Volontaires de York, avancez! » En réalité, il est probablement mort sans avoir dit quoi que ce soit.

La glorification du « sauveur du Haut-Canada » a tôt fait de prendre de l'ampleur. Ainsi, à Londres, en Angleterre, un monument à sa mémoire a rapidement été érigé en la cathédrale Saint-Paul. En 1824, les restes de Brock et de Macdonell ont été exhumés (le visage de Brock serait demeuré inchangé) et ils ont été remis en terre sur le site même de la bataille de Queenston Heights, lors d'une deuxième cérémonie funéraire grandiose. Des fragments du premier cercueil de Brock ont alors été distribués aux membres des forces armées présents. On peut voir aujourd'hui un de ces fragments, exposé au musée de Lundy's Lane, à Niagara Falls. La colonne érigée, à l'époque, à Queenston Heights a été partiellement détruite par une bombe, en 1840. William Hamilton Merritt était membre du comité chargé de la construction d'un second monument (celui qu'on peut voir aujourd'hui), qui a été terminé en 1856.

Le général Brock appartient désormais à la mémoire collective des Canadiens. La ville d'Elizabethtown en Ontario a été, dès 1812, rebaptisée Brockville, en son honneur. Par ailleurs, on ne compte plus les villes canadiennes, grandes ou petites, qui comportent une rue Brock. Enfin, l'université à St. Catharines porte, elle aussi, le nom du général. Bien que certaines des histoires circulant au sujet du général Brock soient exagérées, il n'en demeure pas moins que ses remarquables qualités de chef et son grand courage ont donné le coup d'envoi à la défense du Haut-Canada, durant la guerre de 1812. Sans lui, ou un autre chef aussi charismatique, le Canada aurait très bien pu perdre cette guerre.

La rivière Niagara à Queenston. La maison des Hamilton, où les Merritt sont venus en visite, est située en bordure de la rivière. Son propriétaire, Robert Hamilton, était un homme d'affaires et politicien très important. Son fils George est le fondateur de la ville de Hamilton, en Ontario.

Bien que construite plus tard que la maison des Merritt, cette maison des années 1810, située dans la région de Niagara, était probablement très semblable à la leur.

Tableau exécuté en 1804 et représentant l'intérieur du fort George. On peut voir des soldats britanniques marchant au pas de l'oie, ainsi que des ours savants.

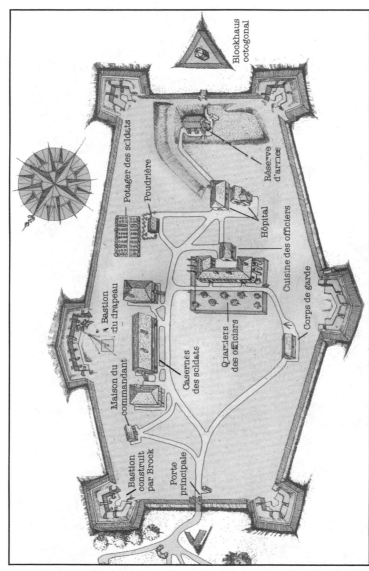

Blockhaus octogonal

Potager des soldats

Poudrière

Réserve d'armes

Hôpital

Cuisine des officiers

Bastion du drapeau

Maison du commandant

Casernes des soldats

Quartiers des officiers

Corps de garde

Bastion construit par Brock

Porte principale

Vue à vol d'oiseau du fort George, comme il aurait pu se présenter en 1812

Vue des chutes Niagara (Horseshoe Falls) en 1804

Comment fabriquer un tourniquet

Tu peux fabriquer un tourniquet semblable à celui avec lequel Ellis et Suzanne ont joué, au fort George. Tu dois trouver un gros bouton et faire passer une ficelle par les trous, comme ci-dessous.

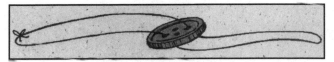

Ensuite, tiens ton tourniquet comme le fait le garçon ci-dessous. Fais tourner le bouton, pour que les ficelles s'entortillent. Tire doucement sur les ficelles; elles vont se désentortiller, puis s'entortiller de nouveau dans l'autre sens. Peux-tu faire tourner le tourniquet sans interruption?

Recette de sabayon campagnard

Verser, dans un grand bol, une bouteille de bière brune et un litre de cidre. Ajouter une pincée de muscade râpée. Sucrer au goût. Ajouter à ce mélange autant de lait (directement du pis de la vache) qu'il en faut pour obtenir une mousse abondante et faire pâlir la bière. Laisser reposer pendant une heure, puis disposer sur la surface des petits fruits sauvages, bien lavés et équeutés au préalable. Servir immédiatement.

Sur ce tableau, le général Brock porte son uniforme « ordinaire » de brigadier général, celui-là même qu'il portait le jour de sa mort.

Une vue d'artiste de Tecumseh. Ce chef courageux de la nation shawnee est mort en 1813, au cours de la bataille de Moraviantown, tout juste une semaine avant le premier anniversaire de la mort de Brock. Tecumseh n'a pas reculé, malgré la défaite des forces britanniques, et il est mort au champ d'honneur.

Rencontre du général Brock et de Tecumseh. Brock a dit de Tecumseh qu'il était un brave guerrier. Tecumseh est censé avoir déclaré à propos du général : « Voilà un homme, un vrai! » Dans cette illustration, Tecumseh apparaît vêtu comme un guerrier sioux, plutôt qu'à la manière des Shawnee.

Dans cette gravure de la bataille de Queenston Heights, plusieurs événements différents sont représentés en même temps, conformément aux habitudes artistiques de l'époque.

Le tableau célèbre représentant le général Brock mortellement blessé

L'uniforme porté par le général Brock, le jour de la bataille de Queenston Heights. On peut voir le trou fait par la balle qui l'a tué, près du quatrième bouton à partir du haut. La ceinture fléchée est celle que Tecumseh lui avait donnée. L'uniforme de Brock et la ceinture fléchée sont exposés au Musée canadien de la guerre, à Ottawa.

Photographie récente de la poudrière du fort George, construite en 1796

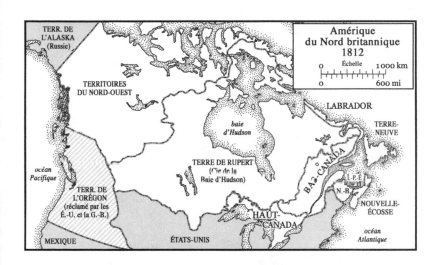

Amérique
du Nord britannique
1812

Échelle
0   1 000 km
0   600 mi

TERR. DE
L'ALASKA
(Russie)

TERRITOIRES
DU NORD-OUEST

LABRADOR

TERRE-
NEUVE

baie
d'Hudson

océan
Pacifique

TERRE DE RUPERT
(Cie de la
Baie d'Hudson)

BAS-CANADA

L.-P.-É.
N.-B.

TERR. DE
L'ORÉGON
(réclamé par les
É.-U. et la G.-B.)

NOUVELLE-
ÉCOSSE

HAUT-
CANADA

MEXIQUE

ÉTATS-UNIS

océan
Atlantique

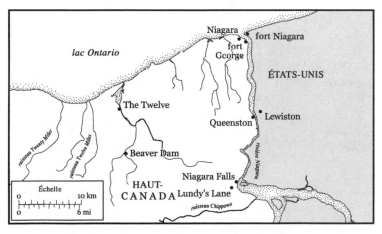

lac Ontario

Niagara

fort
George

fort Niagara

ÉTATS-UNIS

The Twelve

Queenston

Lewiston

Beaver Dam

ruisseau Twenty Miles

ruisseau Twelve Miles

rivière Niagara

Échelle
0   10 km
0   6 mi

HAUT-
CANADA

Niagara Falls

Lundy's Lane

ruisseau Chippawa

*Région où est située la maison de Suzanne, près du village appelé The Twelve,
ou St. Catharines. Une importante bataille a eu lieu à Beaver Dam en 1813.*

REMERCIEMENTS

Sincères remerciements à ceux qui nous ont donné la permission de reproduire les documents mentionnés ci-dessous :

Page couverture, portrait en médaillon : Détail, *The Little Knitter*, William Bouguereau, Gracieuseté du Art Renewal Center (artrenewal.org).

Page couverture, arrière-plan (détail, couleurs estompées) : John David Kelly, *Battle of Queenston Heights, 13 October 1812*, Archives nationales du Canada, C-000273.

Page 201 (haut) : Edward Walsh, *Queenston, or the landing between Lake Ontario and Lake Erie*, 1814, Archives nationales du Canada (tiré du n° 71 du Ackermann's Repositoiy of Arts), C-003354.

Page 201 (bas) : *Pen Pictures of Early Pioneer Life in Upper Canada*, par « A Canuck », William Briggs, 1905.

Page 202 : James Walsh, *Fort George, Niagara River*, Clements Library, University of Michigan.

Page 203 : Adaptation d'une illustration de Barbara Bedell, parue dans *Discover Fort George*, publié par The Friends of Fort George.

Page 204 : John Vanderlyn, *A View of the Western Branch of the Falls of Niagara, 1804*, Archives nationales du Canada, C-014588.

Page 205 (haut) : Tourniquet et garçon, adaptés d'une illustration de Barbara Bedell, parue dans *Discover Fort George*, publié par The Friends of Fort George.

Page 205 (bas) : Recette tirée de *The Experienced English House Keeper*, d'Elizabeth Raffald, Londres, 1769.

Page 206 (haut) : John Wycliffe Lowes Forster (1850-1938), *Sir Isaac Brock*, Archives nationales du Canada, C-007760.

Page 206 (bas) : Portrait fictif de Tecumseh, tiré de « Tecumseh, a Drama », de Charles Mair, Archives nationales du Canada, C-000319.

Page 207 : Lorne K. Smith, *The Meeting of Brock and Tecumseh*, Archives nationales du Canada, C-011052.

Page 208 : James B. Dennis, *The Battle of Queenston Heights, October 18, 1813 [sic]*, vers 1866, Archives nationales du Canada, C-000276.

Page 209 : John David Kelly, *Battle of Queenston Heights, 13 October 1812*, 1896, Archives nationales du Canada, C-000273.

Page 210 (haut) : Uniforme de Sir Isaac Brock, AN19670070-009 ; copyright Musée canadien de la guerre (C.W.M.).

Page 210 (bas) : Poudrière du fort George, gracieuseté de Robert Malcomson.

Page 211 : Cartes de Paul Heersink/Papcrglyphs. Données des cartes : © 2000 Gouvernement du Canada, avec la permission de Ressources naturelles Canada.

Merci à Barbara Hehner pour sa relecture attentive du manuscrit. Et pour m'avoir fait bénéficier de leur expertise historique, merci à David Webb, chef, service de la mise en valeur du patrimoine, Lieux historiques nationaux du Canada (Niagara), et à Susan Noakes, du Welland Historical Museum.

À Ariel, Robin et Linnea,
tous trois de vrais lecteurs

Quelques mots à propos de l'auteure

⚜

Quand j'ai obtenu mon premier poste de bibliothécaire pour les enfants, à St. Catharines en Ontario, ma grand-mère Constance m'a dit que plusieurs de nos ancêtres venaient de cet endroit. C'est à ce moment-là que j'ai commencé à m'intéresser aux Merritt. Au départ, tout ce que j'en connaissais se rapportait à William Hamilton Merritt, reconnu pour avoir fait construire le canal Welland. Puis, dans des souvenirs écrits par Hamilton au sujet de son père, j'ai lu que sa sœur Susan (Suzanne, dans le texte de ce *Cher Journal*) avait attaché l'épée à la taille du général Brock afin de lui porter chance, juste avant la bataille de Queenston Heights.

Susan Merritt est mon arrière-arrière-arrière-grand-mère, et je me suis inspirée d'elle pour écrire l'histoire que je raconte dans ce livre. En 1812, elle avait un an de moins que la Suzanne du livre. Ses parents étaient ce qu'on appelait des Loyalistes « tardifs », c'est-à-dire de la deuxième vague d'immigration américaine à venir s'installer dans le Haut-Canada à cause de la Révolution américaine. Plus j'avançais dans ma recherche documentaire, plus je saisissais à quel point il avait dû être pénible pour mon aïeule Susan de se retrouver confrontée à une nouvelle guerre alors que sa famille avait dû en fuir une autre très récemment.

Le moment le plus excitant de ma recherche est survenu quand je suis tombée sur la mention du pupille de Brock, un garçon de 10 ans prénommé Ellis. J'avais enfin trouvé un moyen de rendre plausible la présence de ma Suzanne auprès du général Brock, au matin du jour de la bataille.

Dans ce livre, plusieurs noms de famille et plusieurs faits sont véridiques, mais d'autres sont de pures créations de mon esprit. J'espère que les descendants des Merritt et des Adams que je n'ai jamais rencontrés me pardonneront ces libertés que j'ai prises. Je n'ai évidemment aucun moyen de savoir si mon aïeule Susan a vraiment rencontré le général Brock. Il s'agit probablement d'une légende familiale, mais quelle histoire formidable!

Kit Pearson est l'auteure de six romans pour enfants, dont quatre ont été traduits en français : *Du temps au bout des doigts*, *Le ciel croule*, *Le chant de la lumière* et *Au clair de l'amour*. Elle a remporté de nombreux prix littéraires : le prix du CLA Book of the Year for Children, le Geoffrey Bilson Award for Historical Fiction, le Prix du Gouverneur général, le prix du livre M. Christie et le prix Ruth Schwartz.

Elle a longtemps travaillé comme bibliothécaire et elle est l'une des auteures canadiennes les plus réputées dans le domaine de la littérature jeunesse.

Bien que les événements évoqués dans ce livre, de même que certains personnages, soient réels et véridiques sur le plan historique, le personnage de Suzanne Merritt est une pure création de l'auteure, et son journal est un ouvrage de fiction.

Catalogage avant publication de Bibliothèque et Archives Canada

Pearson, Kit, 1947-

[Whispers of war. Français]

Un vent de guerre : Suzanne Merritt déchirée par la guerre de 1812, Niagara, Haut-Canada, 1812 / Kit Pearson ; texte français de Martine Faubert.

(Cher journal)
Traduction de : Whispers of war.
Pour les jeunes de 9 ans et plus.
ISBN 978-0-545-99591-7

I. Faubert, Martine II. Titre. III. Titre : Whispers of war. Français.
IV. Collection.

PS8581.E386W4814 2008   jC813'.54   C2007-905223-1

Édition publiée par les Éditions Scholastic,
604, rue King Ouest, Toronto (Ontario) M5V 1E1.

5 4 3 2 1   Imprimé au Canada   08 09 10 11 12

Le titre a été composé en caractères Galliard Book Italic.
Le texte a été composé en caractères Binny Old style.

Dans la même collection :

Seule au Nouveau Monde
Hélène St-Onge,
Fille du Roy
Maxine Trottier

Une vie à refaire
Mary MacDonald,
fille de Loyaliste
Karleen Bradford

Adieu, ma patrie
Angélique Richard,
fille d'Acadie
Sharon Stewart

Ma sœur orpheline
Au fil de ma plume,
Victoria Cope
Jean Little

Un océan nous sépare
Chin Mei-ling,
fille d'immigrants chinois
Gillian Chan